Julia de Paraty

Julia de Paraty

Fabia Terni Leipziger

Labrador

© Fabia Terni Leipziger, 2024
Todos os direitos desta edição reservados à Editora Labrador.

Coordenação editorial Pamela J. Oliveira
Assistência editorial Leticia Oliveira, Vanessa Nagayoshi
Projeto gráfico e capa Amanda Chagas
Diagramação Nalu Rosa
Preparação de texto Iracy Borges
Revisão Andresa Vidal Vilchenski

Dados Internacionais de Catalogação na Publicação (CIP)
Jéssica de Oliveira Molinari - CRB-8/9852

Leipziger, Fabia Terni

    Julia de Paraty / Fabia Terni Leipziger.
    São Paulo : Labrador, 2024.
    224 p.

    ISBN 978-65-5625-661-0

    1. Leipziger, Fabia Terni – Biografia I. Título

24-3567   CDD 920.72

Índice para catálogo sistemático:
1. Leipziger, Fabia Terni – Biografia

Labrador
Diretor-geral Daniel Pinsky
Rua Dr. José Elias, 520, sala 1
Alto da Lapa | 05083-030 | São Paulo | SP
contato@editoralabrador.com.br | (11) 3641-7446
editoralabrador.com.br

A reprodução de qualquer parte desta obra é ilegal e configura uma apropriação indevida dos direitos intelectuais e patrimoniais da autora. A editora não é responsável pelo conteúdo deste livro. A autora conhece os fatos narrados, pelos quais é responsável, assim como se responsabiliza pelos juízos emitidos.

Ao querido Michael, companheiro de uma vida, que traduziu pacientemente vários trechos da bibliografia em alemão, assim participando ativamente da escrita deste livro.

Sem esse trabalho valioso, *Julia de Paraty* não teria chance de existir.

À minha querida filha Deborah, consultora, autora e poeta, que contribuiu com importantes comentários e visão das lacunas.

Ao meu querido filho David, rabino, diretor do departamento de religião e professor da Universidade de Wesleyan, que tem o dom de ouvir e oferecer apoio quando necessário.

Aos vários amigos e amigas pelo carinho demonstrado quando a maré estava baixa e o trabalho não avançava.

Sumário

PREFÁCIO —————————————————————— 11

INTRODUÇÃO - Julia de Paraty: desvendando a história de um mito ——————————————————— 13

PRIMEIRA PARTE - De início era o paraíso ————— 17

No meio da Mata Atlântica ————————————— 18
Rumo à casa-grande ——————————————————— 20
Johann Ludwig Hermann Bruhns ———————————— 21
Batizado na casa-grande ——————————————— 23
Infância inesquecível ————————————————— 24
Avós maternos ——————————————————————— 27
Casamento no Rio de Janeiro ————————————— 29
O céu escurece de repente —————————————— 30
Expulsão do paraíso ————————————————————— 34
O Brasil visto pelos europeus ou o que pensavam do outro lado do Atlântico ——————————————— 36
Logo no primeiro dia ————————————————————— 37
Paradeplatz ——————————————————————————— 38
O céu escurece novamente ——————————————————— 40
Os anos no pensionato ——————————————————— 45
A avó Marie Louise ——————————————————————— 51
Férias com Thérèse ———————————————————————— 53
O problema da identidade ———————————————————— 55
A chegada da primavera ————————————————————— 56
Música e teatro ————————————————————————————— 57

A confirmação religiosa de Mana e suas consequências — 62
O semblante de Julia Mann — 65
"Sonho de uma noite de verão" — 66
Ludwig a galope — 70
Teria sido o destino? — 74
A família Mann — 78
Casamento de Julia Bruhns e Thomas J. Heinrich Mann — 83
Início da vida de casados — 86
Delícias de marzipã — 88
A chegada do verão — 90
Heinrich, o primogênito — 92
Lembranças paternas da infância — 94
Cria-se um mito — 96
Lembrança secreta de Heinrich — 98
Reviravolta — 100
Nascimento de Paul Thomas Mann — 103
Golpe do destino — 105
Julia e a educação artística de seus filhos — 107
Ludwig, na corte de D. Pedro II — 110
Julia Elisabeth Thérèse: a primeira filha mulher — 112
Julia ao piano — 113
Música inesquecível — 115
Alguém bate à porta — 118
Travemunde na próxima geração — 120
Recepções em alto estilo — 122

Heinrich e o futuro da firma —————————— 125
Férias no Tirol austríaco ——————————— 127
Temperamentos diferentes:
Heinrich e Thomas————————————————— 129
Estreia da ópera Vendetta (Vingança) ————— 133
Karl Viktor Mann, o temporão ————————— 134
Derrota política ———————————————— 136
Graves problemas familiares ————————— 137
A saúde por um fio —————————————— 138
O testamento e a dissolução da firma
Johann Siegmund Mann ————————————— 139
O fim de uma era ——————————————— 141
Julia deixa Lübeck —————————————— 142

SEGUNDA PARTE - Uma escolha que deu certo ——— 145
Recomeçando a vida em Munique, capital
da Baviera ——————————————————— 146
Julia busca uma alternativa ——————————— 148
Como nasceram os saraus na casa de Julia ——— 150
A arte e outra maneira de ver a vida ————— 152
Bailes de Carnaval —————————————— 153
Vida alegre em família ————————————— 156
Heinrich "descobre" a Itália —————————— 159
A primeira obra de Heinrich —————————— 163
Novo personagem —————————————— 164
Polling, paisagem campestre —————————— 167
Julia escreve suas memórias —————————— 168
Uma irmã encantadora ————————————— 169

Perigoso, macabro e perverso — 172
A família reunida em Munique — 174
Esperta, vivaz e grã-fina — 176
Festa na mansão maravilhosa — 177
Reação do quinto pierrô — 179
As origens da família de Katia — 181
A persistência vence — 182
Cartas reveladoras — 184
Nova moradia para Julia — 186
Casamento — 188
Novidades chegando — 195
Carla na encruzilhada — 197
Chamado não atendido — 199
Tristeza, culpa e remorso — 201
Retomando a vida — 203
Uma noiva para Heinrich — 204
Sopram ventos de guerra — 205
Heinrich e Thomas: "polos opostos" — 206
Transformações socioeconômicas e a Primeira Grande Guerra — 208
Consequências da guerra — 210
O tempo e a memória — 213
Comemorando setenta anos — 216
A despedida — 217
Notas — 220

Agradecimentos — 223

Prefácio

JULIA DA SILVA BRUHNS SEGUIU O CAMINHO OPOSTO AO DAS MULHEres na véspera da segunda Guerra Mundial. Sendo filhas de famílias emigrantes, estas buscavam um novo lar no Brasil, coisa negada pelos estados alemães.

Julia teve que fazer o caminho inverso quando seu pai, alemão, fez questão de levar suas cinco crianças brasileiras à Alemanha, onde sofreram muito com o rigor do frio e da disciplina Luterana.

Quando ficou viúva, aos 40 anos, sentiu-se livre da rígida sociedade de Lübeck para se estabelecer com seus filhos em Munique, cidade repleta de vida cultural, animada com música, dança, teatro e boêmia.

Isso também beneficiou os dois filhos mais velhos, que haviam sido criados na rígida disciplina do mundo hanseático, mas muito influenciados pelo caráter divertido da mãe e sua propensão para a estética e cultura. Quando desenvolveram a inclinação para escrever, sua mãe os apoiou totalmente, o que levou Thomas Mann, o mais novo, a escrever a seguinte observação: *"Se eu me perguntar sobre a origem da minha disposição, tenho que perceber que tenho a conduta séria da vida de meu pai, mas a natureza alegre, que é a natureza artística, direção sensual e, no sentido mais amplo da palavra, o desejo de contar histórias de minha mãe"*. Esta declaração expressa claramente a influência de Julia Mann sobre seus filhos e, especialmente, sobre os dois escritores.

É um grande mérito de Fabia Terni Leipziger ter pesquisado fielmente a vida dessa brasileira de grande influência na literatura alemã da primeira metade do século XX, e de, agora, aproximá-la do grande público. Quem ler Thomas e Heinrich Mann a partir de agora o fará sob uma perspectiva completamente diferente.

Eckhardt Kupfer
Historiador e jornalista

INTRODUÇÃO

Julia de Paraty: desvendando a história de um mito

Nem todos sabem que Julia da Silva Bruhns (1851-1923), nascida na pitoresca Fazenda Boa Vista, em Paraty, Rio de Janeiro, era mãe de Thomas Mann, vencedor do prêmio Nobel de Literatura de 1929, e seu famoso irmão, Heinrich Mann, também premiado escritor alemão, socialmente engajado na Alemanha nos anos 1930.

Após a morte prematura de sua mãe, Julia foi desterrada ainda na infância, de Paraty para a cidade de Lübeck, próxima às margens glaciais do mar Báltico, onde foi educada num pensionato sob rígida disciplina luterana, totalmente oposta à bagagem cultural que trazia consigo.

Essa marcante diferença religiosa e cultural lhe causaria sérios conflitos de identidade desde a adolescência.

Olhar para a maneira positiva como enfrentou o exílio, e analisar sob quais condições adversas precisou se adaptar à nova realidade, fornece uma pista sobre o caráter forte e o espírito livre dessa original criatura, que desenvolveu de forma extraordinária seu potencial artístico.

Para viver em harmonia com essa sociedade, teria sido desejável equilibrar a paixão musical com suas obrigações como mãe de família e esposa de um membro da elite local. Mas não foi o que ocorreu, pois sua exuberância era intrínseca à sua identidade. Esta, mal compreendida, foi estigmatizada desde cedo, e criou-se um mito.

Sem ouvir a voz solitária da jovem órfã, longe de sua terra, não seria fácil compreender a necessidade de impor sua identidade brasileira.

Ao querer preservá-la, Julia estava à frente de seu tempo, pois a ideia de pluricultura começou a ganhar força após a Segunda Guerra Mundial. Se hoje a diversidade é prezada, no século XIX a realidade era outra.

Se levou consigo ao exílio o significado do que representava ser brasileira, Julia o fez com o intuito de preservar algo de suas raízes, e ao assim fazer, introduziu algo novo, exótico, um estranhamento sem paralelo, que provavelmente deu origem à criatividade de seus dois filhos escritores.

Destarte, numa sociedade pacata e rígida, oscilações de comportamento em desacordo com os valores que a regem são registradas com mais celeridade. Os boatos se espalharam, encontrando na bisbilhotice uma força poderosa para divulgá-los, e nos fortes ventos do Báltico, o impulso que os dispersaria aos quatro cantos de Lübeck.

Surgiram apelidos maledicentes, tornando a jovem estrangeira presa fácil das críticas preconceituosas, sem ninguém para defendê-la.

Esta obra pretende seguir a tempestuosa existência de Julia desde o nascimento na paradisíaca Fazenda Boa Vista, em Paraty, passando pela juventude na gélida e puritana Lübeck, observando sua coragem e visão de se mudar para Munique, onde pôde assistir à meteórica ascensão literária de seus dois filhos escritores, além de desfrutar da permanência numa cidade artística e musical, como ela.

Lá teve também o privilégio de conhecer Hedwig Dohm, precursora do movimento feminista burguês do século XIX na Alemanha.

Iluminar os passos de sua trajetória permitirá ao leitor tirar suas próprias conclusões sobre o valor dessa mulher brasileira.

Descobrir a mulher por trás do mito é a proposta desta obra de ficção histórica.

PRIMEIRA PARTE

De início era o paraíso

No meio da Mata Atlântica

O verde dos periquitos em bandos cruzava o céu luminoso. Era a hora mágica do alvorecer. Quase toda a natureza dormia, mas não aquele tinido de um minúsculo córrego invisível, que fluía sob a moita úmida. Como fazia todas as manhãs nos últimos sessenta anos, Bento, velho escravo da Fazenda Boa Vista, encaminhava-se ao engenho pela estrada alaranjada de terra. O contato com o ar puro e fresquinho logo cedo dava-lhe aquela sensação de liberdade. Durava só até a chegada no engenho, mas naquele breve intervalo... sentia-se livre.

Gostava de ouvir o balançar das folhas da palmeira sobre a prainha, logo ali, abaixo da casa-grande. Apreciava o perfume das mangas e das goiabas maduras, podia até sentir o gostinho da jabuticaba graúda e suculenta. A natureza e seus mistérios. Bento pisava leve para não despertá-los.

Subitamente, ouviu uma movimentação de pássaros em revoada. Tucanos amarelos e trinta-réis com seus bicos vermelhos pareciam querer comunicar algo.

Logo depois, ouviu a voz conhecida do cocheiro Ditão:

— Nasceu uma criança, Bento, Deus seja louvado!

— Na choça de quem? — perguntou ele, procurando o velho amigo entre as folhas do arvoredo úmido.

— No coche, Bento. Esta madrugada, minha Cida foi chamada às pressas.

— Quem já viu criança nascer no coche, Ditão?

— É cria do nosso novo senhor do engenho. Seu Luiz Germano.

A *muié* dele tava prenha, mas ele teimou em costear a baía assim *memo*. Ele e a esposa viajaram no coche, com uma escrava para ajudar Maria Senhorinha.

— E as três crianças?

— Vieram na frente com outros escravos. Bento, são mais de quarenta léguas, achei uma loucura. Pior ainda foi ver a dificuldade de Maria Senhorinha para subir os três degraus da carruagem, mas fiquei quieto. Desde quando escravo dá palpite na vida do seu senhor? "Seja o que Deus quiser", Seu Germano falou antes de subir.

"O coche sacolejava muito, Bento. De repente, uma roda enroscou numa pedra, e a pobre da Senhora começou a *pari* ali *memo*, com a mata ao redor, os passarinhos coloridos esvoaçando, e os macaquinhos pulando de lá pra cá. Aí, paramos o coche. Fez-se um grande silêncio. Em cima dos galhos mais altos, passarinhos coloridos observavam imóveis; a bicharada sumiu pra dentro das tocas. Aí a criança nasceu, e sabe, Bento, eu queria invocar por Nossa Senhora, mas na confusão louvei Iemanjá."*

— Pobre Sinhá. E a criança? — quis saber o velho Bento.

— Deus seja louvado — disse Ditão, benzendo-se com o sinal da cruz. — Parece que as duas ainda estão vivas.

* Iemanjá na língua Iorubá, é a orixá feminina associada à maternidade e à continuidade da vida. Orixá significa divindade de religiões afro-brasileiras. Apesar de aparentemente seguir a religião católica, imposta pela Igreja, os escravos ainda cultuavam muitos de seus orixás ou entidades africanas que cuidavam da floresta, dos seres, das casas e das famílias.

Rumo à casa-grande

A chegada da mãe semidesmaiada e da neném quase sem vida trouxe grande rebuliço à casa-grande. A notícia se espalhara rapidamente; todos queriam ver a neném, e as três crianças maiores se acotovelavam perto do coche para saber de sua mãe.

Mas Seu Germano, como bom alemão, foi categórico:
— Ninguém deverá se aproximar do coche com a mãe e a neném, que estão muito mal.

Dos escravos da casa, apenas Leocádia teve permissão para fazê-lo. Ana, a ama negra, deveria manter Manoel Pedro, Maria Luisa e Luizinho longe dali. Cida, a mulher do Ditão, só depois que mãe e filha estivessem deitadas num leito improvisado na pequena saleta de costura, perto da varanda que circundava a casa-grande.

Dando a volta ao velho pé de jenipapo, em frente à porta da grande sala com acesso à varanda, Ditão, o cocheiro, apressou-se a retirar a Senhora e sua neném do coche. Ouvia-se um gemido bem fraquinho da Senhora. Uma maca improvisada já estava chegando nos braços de outro escravo.

Ao perceber a charrete do padre Antônio, confessor da família de muitos anos, Seu Germano foi ao seu encontro, encaminhando-o rapidamente ao florido caramanchão, antes que a criadagem começasse a espalhar suas interpretações do ocorrido, segundo suas crenças em orixás afro-brasileiros.

Para estes, o fato de essa neném ter nascido no meio da mata, sob o olhar protetor de animais e pássaros, fazia dela uma criança predestinada a uma vida fora do comum.

Agora, necessitava de preces. Muitas preces. E padre Antônio, com sua calma e benevolência, já estava ali para encomendar uma novena. Durante nove dias seguidos, todos os moradores da fazenda e seus escravos se reuniriam a fim de pedir proteção para Maria Senhorinha e sua neném.

Temia-se pela vida das duas criaturas. Logo providenciaram uma ama de leite. Cida ficou ao lado delas dia e noite. Ana e outra escrava se alternaram para cuidar da menininha.

Pouco a pouco, Maria Senhorinha começou a sentir-se mais forte. Seu leite apareceu e a neném adquiriu uma tonalidade de pele mais saudável. Amamentar sua nova menina lhe permitiu horas de ternura na varanda, ventilada pela brisa do mar.

Johann Ludwig Hermann Bruhns

NATURAL DA CIDADE DE LÜBECK, PORTO AO LADO DO MAR Báltico, no norte da Alemanha, primogênito de um rico comerciante, dono de uma renomada firma de importações, havia sido enviado ao longínquo Brasil aos dezenove anos (1840) porque seu pai o julgara irresponsável e indigno de herdar a firma, como cabia ao filho mais velho. Melhor poupar os irmãos e irmãs solteiras do risco de perder toda a fortuna do que confiar em Ludwig, pensava seu pai.

Contrariando as expectativas paternas, Ludwig, cujo nome abrasileirado era João Luiz Germano, prosperou, pois o tino comercial estava no sangue havia décadas, e contatos comerciais na Europa não lhe faltavam. Graças ao sucesso com as exportações de café, começou a frequentar os ricos proprietários de engenhos na região de Angra dos Reis. Alto, loiro e sedutor, não demorou muito para conquistar Maria Senhorinha, a linda filha de quinze anos de Caetano da Silva, natural de São Sebastião, e Maria Lara da Silva, natural de Ilha Grande. Ludwig e Maria Senhorinha se casaram em 1847.

Interessado em embarcar em nova atividade lucrativa, resolveu tentar a sorte com o açúcar, e três anos mais tarde adquiriu o Engenho Boa Vista, em Paraty, em lugar de grande beleza natural entre a serra e o mar. "A arquitetura agradável da casa de seus pais tinha uma localização excepcional, dando diretamente para o mar, e de frente para Paraty e seu porto. Do andar superior havia uma vista única sobre a baía de Paraty."[1]

Transferiu-se para lá com a família, com três crianças: Manoel Pedro (três anos), Maria Luisa (dois) e Luizinho (um).

Durante essa travessia nasceu Julia, a quarta filha.

Batizado na casa-grande

Num dia ensolarado de primavera, a menina loira, como seu pai, foi batizada Julia da Silva Bruhns, para alegria de toda a casa-grande.

O sobrenome "Silva" já era conhecido dos tempos do Império Romano, em que era usado como apelido daqueles que vinham da selva, do bosque ou da floresta. Julia da Silva seria, justamente, aquela que veio da selva.

Todas as salas foram abertas, pois, além da família vinda de Angra dos Reis para a ocasião, era hábito convidar todos os senhores de engenho das redondezas e suas famílias.

Uma longa mesa coberta de doces coloridos de coco, abóbora, batata-roxa e paçocas fazia a festa da criançada. E todos confeccionados pela Sebastiana, escrava liberta, conhecida em toda a região pelos seus quitutes.

Manoel Pedro, o irmão mais velho, moreno, chegou até o berço coberto de rendas finas da ilha da Madeira, que, segundo a tradição, haviam enfeitado o berço de Maria Senhorinha, a senhora sua mãe, e diziam que até da sua avó Teresa de Jesus, em Portugal. Na ponta dos pés, pela primeira vez, pôde olhar para sua irmãzinha loira, diferente dos demais irmãos. Seu olhar afetuoso ficou estampado na memória de sua mãe, já de pé, mais bonita após a nova maternidade.

Muito grata por estar viva, Maria Senhorinha comemorava com toda a sua família. À noitinha todos se juntariam frente à imagem de Nossa Senhora para lhe agradecer a graça alcançada.

Quando deixada no jardim rodeado de amendoeiras centenárias, os olhinhos pretos de Julia seguiam atentamente as ondulações da folhagem. Ana, que havia percebido essa simbiose dela com a mata, colocava o berço lá fora quando a neném não queria dormir, e Julia adormecia embevecida pela magia do lugar, que desde cedo tocou sua alma.

Naquele momento, perto da porta de entrada, já havia um oratório em madeira nobre, todo pintado em tonalidades fortes, com uma bela imagem de Nossa Senhora, a santa predileta da família, segurando o Menino Jesus.

Os escravos também rezavam junto à família, acomodando-se no quintal bem próximo à porta de entrada, a qual, aberta, permitia a comunicação com a família, mas não sua presença na ala íntima da casa.

Enquanto isso, padre Antônio dirigiu-se ao aparador, cuja última gaveta continha seus paramentos para a missa. Quando estavam todos reunidos ao pé do oratório, iniciou-se a cerimônia de batismo.

Infância inesquecível

ALEGRIA NÃO FALTAVA NO JARDIM DA FAZENDA BOA VISTA. Tampouco a liberdade de escolher para onde correr primeiro. As crianças corriam descalças, livres para entrar e sair da casa a seu bel-prazer. A elas juntavam-se crianças de fazendas vizinhas, primos do Rio de Janeiro e, às vezes, também filhos pequenos de escravas.

O quebra-mar atrás da casa, coberto de ostras que ficavam presas com a entrada da maré, era uma das atrações favoritas. "Entre flores coloridas, com perfume de azaleia, e os beija-flores que voavam ao redor qual 'centelhas douradas', a irrequieta Julia corria, feliz como um pássaro."[2]

Além do quebra-mar havia uma pequena praia com grandes rochas, onde ficavam encravados mariscos, assados pelas escravas para grande alegria da criançada. O fundo da casa-grande alcançava a beira da mata, para onde a turma corria em busca de cocos, com a casca dura de rachar. Logo chegavam escravos com espetos incandescentes que furavam a casca dura, e para o gáudio das crianças, fluía aquela água bem doce.

Atrás da casa corria um riacho onde Julia passou momentos memoráveis da sua infância. Para lá, as lavadeiras carregavam diariamente montanhas de roupas da família patriarcal. Enquanto esfregavam as roupas em pedras riscadas, Julia gostava de observar, e depois ouvir o ritmo da roupa sendo batida para alvejar ao sol. Cantarolavam uns versinhos divertidos e contavam causos animados enquanto Julia se divertia e o tempo passava.

Depois de lavada a roupa da casa, ficava sempre uma tina onde ela entrava, como num barquinho. Feita de um velho barril de aguardente cortado ao meio, essa tina deixava passar a correnteza pelas mãozinhas da menina, encantada com a temperatura deliciosa da água fria. Do alto dos galhos à beira do riacho, urubus a observavam, enquanto do fundo da floresta vizinha ouviam-se sons de gibões e papagaios, fazendo-a sentir--se parte daquela atmosfera mágica e inesquecível.

Ao crepúsculo, quando os raios de sol ainda douravam os penhascos que costeavam a baía de Paraty, os mistérios do fundo da mata se despediam; o perfume dos abacaxis e das romãs esvaecia, como também o dos limões doces. E nos cantos mais remotos da mata, ouvia-se o som do pássaro da noite.

Certa vez, um escravo se feriu muito ao ficar preso entre a parede e o travessão sob o qual tinha se sentado. Ao ouvir os gritos de dor, Maria Senhorinha ordenou que ele fosse deitado na sala de estar e cuidou dele pessoalmente, colocando mingau de aveia e milho nas feridas.

Paraty era conhecida por suas chuvas torrenciais, quando a água adentrava pelas portas das venezianas e os escravos tinham que conter o turbilhão com pás enormes. As ruas se alagavam, e a pequena Julia observava pela janela, pensativa, enquanto passavam canoas cheias de gente.

No Carnaval, Julia se encantou com o desfile colorido das fantasias. Voltou cantando, deslumbrada com tanta animação musical. Tamborins, sanfonas, violões e bandolins. Gostou das bolinhas de cera colorida, cheias de água perfumada, que os irmãos mais velhos jogavam nos brincantes.[3] E as crianças cresciam entre festas e frutas, fartura e felicidade.

Avós maternos

Como muitos fazendeiros da época, seu avô, Manoel Caetano da Silva, tinha uma grande fazenda de café e açúcar em Ilha Grande.

Julia gostava do burburinho de gente, por isso amava a estadia na fazenda de seus avós, onde havia muitos parentes e crianças. O bondoso avô Caetano divertia a criançada com fogos de artifício. Julia se lembraria para sempre dos rolos de papel dos quais saíam tiros iluminados, que desenhavam arcos sibilantes sobre o mar, transportando os pequenos para o reino da magia e dos sonhos.

Já a avó Lara era severa. Julia se lembraria também de sua pequena orelha toda vermelha pelos puxões, quando era arrastada até o quarto do castigo, onde era obrigada a ficar assistindo à avó fazer renda de bilro. Mas para a menina cheia de vivacidade, o trabalho manual era monótono, e logo se distraía com os passarinhos do lado de fora, no jardim, onde havia também laranjeiras, que exalavam um aroma bem agradável. Em vez de ligar-se aos bilros, Julia se encantava também com um pequeno oratório colorido, sobre a camiseira da avó, na qual havia uma bela imagem de porcelana de São José com seu cajado. Na imaginação de Julia, o cajado florescia e a fascinava, pois viajava longe, como num milagre.

Não era só sua desatenção que contrariava a avó severa.

Julia gostava de feijão-preto com angu e carne-seca, ou seja, comida da criadagem, a qual só era servida na cozinha, onde os escravos sentavam-se no chão e comiam sem usar talheres.

Não à toa, a avó Lara ficava horrorizada; não queria sua neta comendo no chão, e muito menos com a criadagem.

No entanto, havia algo mais que o feijão-preto que atraía a pequena Julia ao convívio com eles.

A menina gostava mesmo era de ouvir as histórias dos seres misteriosos como o saci, a mãe-d'água* e casos de pessoas más que foram enfeitiçadas, ou as boas que foram salvas por encantamento. E havia as cantigas que Julia decorava com facilidade e cantarolava feliz para si mesma.

Ludwig não era muito ligado à família. Ausente na maior parte do tempo, quando vinha de Paraty para visitá-los, Julia se orgulhava de vê-lo chegar alto e loiro. Sentia respeito e admiração por ele.

A despedida de Ilha Grande era feita num barco, à noitinha, sob uma luz de contos de fada conforme Julia relatou em suas memórias de infância. Antes de o barco atracar, um escravo a carregava nos braços sobre as pedras que adentravam no mar. Uma vez dentro do barco, novos escravos remavam até a Fazenda Boa Vista, do outro lado da baía.

No ano seguinte, aos vinte anos, aconteceu o quinto parto de Maria Senhorinha, desta vez na casa-grande, com mais conforto. Na festa de batizado do novo caçula, Paulo da Silva, novamente a família, vizinhos e escravos se reuniram ao pé do oratório colorido para agradecer

---

* Saci: entidade representada por um jovem negro de uma perna só, carapuça vermelha na cabeça e cachimbo na boca, que faz travessuras e à noite assusta e apavora viajantes solitários. Mãe-d'água: mulher imaginária, fantástica, espécie de sereia de rios e lagos; iara, boiuna.

a Nossa Senhora por mais essa graça alcançada. A família comentava como Julia era atraente e vivaz. Sua mãe a chamava de "luz de minha vida", e a menina, mesmo não entendendo as palavras, levantava os olhos e sorria, contente.

Com a chegada do irmãozinho, chamado carinhosamente de Neném, Julia ganhara um companheiro para novas brincadeiras. Numa fenda do muro, podiam-se avistar ovos minúsculos de lagartixa e uns outros redondos, maiores, de cobra, além de anéis do rabo dos tatus. Com a ajuda da mulatinha Luiziana, enfeitavam-se com esses anéis trazidos pelos escravos para grande alegria da criançada.

Casamento no Rio de Janeiro

Por volta de seus quatro anos, quando Maria Luisa, apelidada de Mana, já tinha seis, ambas foram escolhidas para serem damas de honra no casamento de uma tia, irmã de Maria Senhorinha, também muito bonita. Julia e Mana desfilaram pela igreja, chamando a atenção dos presentes e envaidecendo muito sua mãe.

Durante a festa, com a família reunida e dezenas de convidados das fazendas vizinhas, Mana e Julia se deslumbraram com os trajes de festa, a fartura de doces e salgados, e uma sala só para os presentes embrulhados em papel de seda de várias cores.

De volta à Fazenda Boa Vista, Mana perguntou à mãe se sua festa de casamento seria tão linda como a da tia.

— Mais bonita, querida — respondeu a mãe. — Já posso imaginar a varanda enfeitada com nossas orquídeas brancas mescladas com flores do campo amarelas. Vocês serão as noivas mais lindas já vistas em Paraty e serão muito felizes — exclamou a mãe, sorridente.

— Como nos contos de fadas?

— Quase — respondeu a mãe, pensativa, tentando prever como seria lindo o dia do casamento de suas filhas.

*N.A.: Provavelmente em Angra dos Reis, no Rio de Janeiro.

Nessa mesma época, Ludwig começou a acompanhar os dois filhos mais velhos, Manoel Pedro, com sete anos, e Mana, com seis, ao colégio no Rio de Janeiro.*

No começo de agosto, quando as flores de jambo caem, formando um tapete cor de maravilha, Maria Senhorinha começou a sentir novamente aquele mal-estar que já havia experimentado cinco vezes em seus vinte e cinco anos. Julia percebeu que a mãe passava dias inteiros na rede, e apesar de seus cinco anos de idade, pressentiu que algo não ia bem, mantendo-se próxima a ela.

O céu escurece de repente

CERTA NOITE, HOUVE UM GRANDE VAIVÉM DE ESCRAVAS. Ouviram-se gemidos do quarto de Maria Senhorinha. Julia se assustou. No corredor, viu o pai carregando a mãe abraçada a algo que não reconheceu. Correu atrás do pai, o qual depositou a mãe desfalecida num quarto próximo. O pai desnorteado, vendo-a ali, levou-a para despedir-se da mãe, que segurava o sexto filho, natimorto. Quando Julia entendeu o ocorrido, chorou desesperada, agarrando-se à mãe morta.

Amanhecia o dia 19 de março de 1856. Maria Senhorinha, grávida pela sexta vez, falecera devido a uma infecção, na época, raramente detectada a tempo.

Perdendo a mãe adorada com apenas cinco anos, Julia ficou traumatizada pelo espectro da morte para sempre.

Nos dias que se seguiram, os irmãos mais velhos voltaram à escola; Neném, inconsolável, e Luizinho, muito triste, mas ao menos se comunicavam com a ama. Julia entrara em profundo silêncio.

Seus pensamentos viajavam para lá da serra, tentando encontrar um porto seguro, mas além do aconchego de Ana, nada havia. Sensível, não conseguia superar o trauma. Olhava para as plantas da mãe, esperando por um milagre que ela voltasse, nem que fosse só mais uma vez. Às vezes, tinha quase certeza de tê-la visto.

Com o tempo, os irmãos começaram a aceitar melhor a perda da mãe. Restava-lhes ainda o paraíso com suas múltiplas brincadeiras, a fartura das frutas no jardim, e os escravos e escravas da casa que faziam tudo que estava a seu alcance para suavizar a grande perda das crianças.

Eis que um dia Ludwig chamou todos os filhos para uma conversa.

— Filhos, tenho pensado muito no bem-estar de vocês e resolvi levar todos para Lübeck, na Alemanha, terra da minha mãe, Marie Louise, e do meu irmão, Éduard. Lá vocês não ficarão tão sós. Receberão a mesma educação que eu tive e serão protestantes como toda a minha família.

As crianças ficaram pasmas. Julia não podia nem sequer imaginar uma vida fora do paraíso em que vivia. Seu pequeno mundo desabava pela segunda vez, em menos de dois anos. Nem conseguia falar.

Manuel Pedro arriscou:

— Pai, a gente não está nem um pouco sozinho aqui. Paraty é nossa casa. O senhor já disse que sua terra é muito fria, e não conhecemos ninguém lá. Vai ser difícil porque nem falamos alemão.

— Bobagem — disse Ludwig, sem dar a mínima. — Daqui a um ano, vocês se tornarão cinco alemãezinhos — disse em tom debochado. — Criança aprende com facilidade.

Irritada, Mana se expressou com astúcia:

— Pai, nossa mãe nunca deixaria o senhor fazer isso. Ela sempre quis a família unida. Se ela pudesse ouvi-lo, sairia briga na certa. Eu também não quero saber de nenhuma Alemanha.

Contrariado, Ludwig retornou enérgico.

— Não perguntei a opinião de vocês; estou comunicando a minha decisão, que é para o bem de todos.

A autoridade paterna era lei naquele tempo; aos filhos cabia apenas obedecer.

— A gente vai morar com quem, então? — quis saber Luiz.

— Com minha mãe, Marie Louise, que é um encanto de pessoa, e com meu irmão, Éduard — dissimulou novamente o pai, que tinha outros planos para as meninas.

— Vai ter praia? — indagou Julia.

— Lógico! — respondeu Ludwig. — Minha cidade, Lübeck, é um porto famoso. — Mas escondendo deles que o conceito de praia do mar Báltico diferia totalmente da praia tropical à qual seus filhos estavam habituados. E omitindo o fato de que no rigor do inverno, de outubro a maio, ninguém ia à praia.

— Mas a gente volta para Paraty, né, pai? — perguntou Julia, lacrimosa.

— Com certeza. — Fingiu novamente o pai. — Mas agora é cedo para pensar nisso. No momento, estamos preparando a partida, depois veremos.

Ao resolver se afastar de todos os seus filhos e os enviar a uma terra distante e desconhecida, Ludwig não pensou no que seria melhor para eles, mas, sim, para si mesmo. Com tantos escravos para cuidar das crianças, não houve explicação por que não podia continuar tocando suas terras e manter a família unida. Ou será que esta não lhe importava mais? Estaria pensando numa nova?

Essa irrevogável decisão de Ludwig iria traumatizar as meninas para o resto da vida.

Enquanto as crianças dormiam, Ludwig negociou a liberdade de Ana, caso ela aceitasse acompanhá-lo até Lübeck com as crianças. Ela aceitou a proposta, dando a Ludwig um trunfo a mais para convencer seus filhos.

Julia e Nenê se consolaram com o fato de que a presença de Ana seria pelo menos como levar um pedaço do seu mundo, prestes a desaparecer. Julia começou a preparar a bagagem que levaria consigo para não esquecer jamais de Paraty.

Dentro do coração levaria a eterna saudade do sorriso de sua mãe, a alegria de ter vivido numa terra bonita, ensolarada e mágica, a luminosidade dos trópicos e a lembrança de ter sido muito feliz. Levaria também uma rica bagagem de lendas e canções ouvidas dos escravos em festas tradicionais, as quais fortaleceriam seu imaginário nos dias de imensa saudade de sua terra.

Numa caixinha de pinho colorido, colocaria seus tesouros mais preciosos: o pequeno rosário com a imagem de Nossa Senhora, que sua mãe lhe havia dado para protegê-la sempre, conchas que recolhera na prainha, lascas de pedras brilhantes como a mica, sementes das vagens do flamboyant, sua árvore favorita, coquinhos, e penas coloridas de papagaios e periquitos. E já imaginava a alegria de suas coleguinhas alemãs ao verem seus tesouros, enquanto caminhariam juntas pela praia ensolarada no final da tarde.

Expulsão do paraíso

No dia da partida, escravos e escravas de casa se apinharam no portão para se despedirem das crianças que estavam em prantos. Conheciam bem seu patrão, dificilmente traria os filhos de volta. Mais uma vez, Julia seria enganada, e não seria a última.

Ao sair do porto do Rio de Janeiro ao pôr do sol, Julia ficou encantada com as tonalidades de rosa e alaranjado das nuvens que se pareciam às de Paraty, pois faziam parte do mesmo céu do paraíso que tanto amara. Do alto do veleiro, observava pensativa a imensidão do mar, comparável apenas à magnitude da solidão que estava por vir. Esta, porém, ela ainda ignorava.

Nos primeiros dias da viagem até Le Havre, na França, as crianças enjoaram muito. Ondas altas jogavam o veleiro de um lado para outro. Ana as colocava deitadas lado a lado no convés, cobertas com o casaco do pai, porque as ondas rebentavam sobre elas.

Num dia de grande tormenta, ondas altíssimas inclinaram tanto o veleiro que Ana, desesperada, não conseguiu segurar Nenê de ser lançado fora da embarcação.

Agitadíssima, correu inutilmente à procura do pai ausente. Não fosse um timoneiro muito hábil, que o "pescou" pela camisa, o menino teria se afogado.

Na passagem do Equador, as crianças vivenciaram uma festa tipo Carnaval, que conheciam e gostavam. Os marinheiros se fantasiaram de macacos ou homens selvagens e corriam atrás delas com uma mangueira, esguichando água em farra organizada, especialmente para ajudar a combater o enjoo, pois na proximidade com o Equador aumentava o balanço das ondas.

Após dois meses, terminou na França a primeira etapa da longa viagem. Um segundo vapor levaria a família Bruhns até o porto de Hamburgo, na Alemanha. De lá seguiriam de trem até Lübeck, cidade natal de Ludwig.

Julia e Nenê contavam sete e seis anos... O ano era 1858.

O Brasil visto pelos europeus ou o que pensavam do outro lado do Atlântico

NA EUROPA DO SÉCULO XIX, PREVALECIA O CONCEITO DE uma "raça dominante", a europeia. Essa era a verdade incontestável. Segundo os europeus, os países que não estavam no hemisfério Norte tinham populações de raças inferiores. O Brasil, muito distante e praticamente desconhecido, "era uma terra de macacos, negros e doenças terríveis". Era crença corrente que esses habitantes de nível inferior descendiam de animais estranhos.

Na família de Ludwig, bisbilhotavam que, se Maria Senhorinha tinha sangue indígena em suas veias, como de fato tinha, seus filhos não poderiam ser como as crianças alemãs. De fato, essas crianças brasileiras começaram a ser discriminadas antes mesmo de aportarem em Lübeck, verdadeiro agravante para elas.

Lübeck, o destino das crianças, era um porto muito antigo, ao lado do mar Báltico, no norte da Alemanha. Ficava na foz do rio Trave, que dava a volta na pequena cidade. Foi a primeira vila ocidental de mercadores do mar Báltico.

Logo no primeiro dia

— Quantas torres! — exclamaram as crianças ao caminhar ao longo de um canal batido pelo vento do rio Trave.

Contaram sete e acertaram.

— E igrejas? — perguntou Ludwig.

— Estou vendo só duas — disse Paulo, o Nenê. E todas com tijolos bem escuros.

— Há duas catedrais majestosas, a Marienkirche, ou Igreja de Maria, e a Matriz, que aqui é chamada de Dom, e outras três — disse o pai.

De repente, soprou um forte vento gelado que assustou as crianças por estarem vestindo roupas de verão que usavam em Paraty.

Ao seguirem enfileiradas, os cinco rostos morenos do sol, com chapéus-panamá, ridículos naquele lugar, as crianças passaram vergonha. Ana, com a tez negra, inusitada nessas paragens, chamava ainda mais atenção dos pedestres.

Alguns moleques os seguiram, ridicularizando-os; Ludwig apertou o passo, deixando uns trocados com Ana para alguma emergência. Explicou-lhe onde ficava a casa de seu irmão e se afastou.

Percebendo que as crianças ficaram só com a moça de pele escura, os moleques começaram a correr atrás dos recém-chegados. Para se desvencilhar deles, Ana comprou balas, distribuiu-as entre as crianças, as quais iam jogando-as para trás, despistando os moleques. Só assim a turminha brasileira teve tempo para se esconder.

Expostas à humilhação de passar por palhaços, e ao medo durante a perseguição, as crianças sofreram seu primeiro trauma logo no primeiro dia. Ambas sensações lhes causaram uma enorme insegurança. Ao saber disso, Ludwig sorriu, indiferente.

Paradeplatz

Por sorte, na casa do tio Éduard, irmão mais velho de Ludwig, e da tia Emma, elas foram bem acolhidas e reconfortadas. A língua alemã continuaria sendo uma barreira de início, mas a tia falava a linguagem do carinho e da compreensão, criando um clima de amor e camaradagem.

A casa ficava na Paradeplatz, um lugar elegante e movimentado de Lübeck. Grande e sombria, os quartos eram amplos, com armários maciços pretos e cortinas grossas escuras que desciam até o chão. Paredes cobertas de retratos de vários membros falecidos da família Bruhns, velhos com olhar doentio. Tudo muito austero e tristonho.

Nem sequer uma imagem de Nossa Senhora, reparou logo Julia ao admirar os bibelôs em prata, osso e âmbar na penteadeira da tia Emma.

— Por que não havia nenhum santinho? — perguntou-se, ao colocar a mãozinha no bolso, para ter certeza de que sua caixinha ainda estava lá.

Um jardim com pomar cercava quase toda a casa, mas as crianças só viram maçãs e peras. A época das cerejas já havia terminado, mas despontavam as avelãs.

— Mas onde estava o sol? — perguntavam-se elas ao olhar para o céu, quase sempre cinzento.

Orgulhosa de sua cidade, tia Emma resolveu levá-los para conhecer o Holstentor, o imponente portal da cidade, construído em 1460.

FOTO: Christian Wolf (www.c-w-design.de)

As crianças estranharam as duas colunas de tijolos bem escuros e o casario cor de ébano em estilo gótico que era visualizado entre as duas colunas. Para não desagradar a tia, disseram que era tudo muito bonito. Apenas a escuridão das paredes os assustava um pouco.

— Por que tudo é triste? — perguntou Manoel Pedro inocentemente, levantando a gola do sobretudo para se proteger do vento gelado.

— Porque a vida não é uma festa — respondeu-lhe tia Emma rispidamente. — Aqui na Alemanha se trabalha, não temos tempo para tanto divertimento como na terra de vocês.

As crianças, tiritando de frio, entreolharam-se, curiosas.

— O que será que a tia quis dizer com isso? — perguntou-se Manuel Pedro, então com dez anos.

Havia sido a primeira aula de transculturalidade, não seria a última.

Seriam necessários alguns anos de convivência na nova pátria e de amadurecimento psicológico para chegar a compreender a dualidade entre a exuberância do mundo latino (católico) e a austeridade daquele germânico (luterano).

O céu escurece novamente

Certa madrugada, três ou quatro semanas após a chegada na Alemanha, Mana sentiu uma presença que se aproximava. Sobressaltada, levantou-se, chamou por Manuel Pedro, e os dois juntos abriram a porta.

Com dificuldade, conseguiram ver a ama em lágrimas na penumbra.

Apavorados, pois não havia dois anos da morte da mãe, perguntaram o que ocorria. Ana chorava tanto que os outros irmãos também acordaram assustados.

Abraçando-os, disse com voz entrecortada:

— O pai de vocês vai voltar ainda hoje ao Rio e determinou que eu irei junto com ele, proibindo-me de me despedir de vocês. Mas como posso deixar meus amores sem ao menos um abraço pela última vez?

Paulo, o caçula, pôs-se a chorar copiosamente; Julia gritava, agarrada às saias de Ana.

— Não podemos viver sem você!

Ana fez sinal para que não despertassem o pai.

— Quietos! Senão vou levar a maior bronca.

— Não vamos deixar você ir embora nunca! — exclamou Luiz.

Ana ouviu passos.

Estremeceu.

Era Ludwig, furioso, porque o haviam despertado. Irrompeu no quarto, protestando em voz alta:

— Eu não avisei você, Ana, que estava proibida de se despedir das crianças? Olha o alvoroço que provocou! Lembre-se de que ainda é minha escrava, ouviu bem?

Ana fugiu rapidamente. Não podia pôr em risco sua liberdade, pela qual havia viajado para tão longe e arriscado sua vida para conquistá-la. Julia saiu correndo atrás dela, mas Ludwig foi mais rápido; agarrou a filha menor e a reconduziu energicamente à sala, enquanto ela esperneava aos prantos.

— Pai, por favor, não nos abandone aqui sozinhos — implorou Mana. — Levou dois meses para chegarmos aqui, e o senhor já quer ir embora?

— Mas eu volto logo — desconversou o pai. — Não posso ficar mais aqui. Há muito trabalho no engenho, mas prometo que todos se reencontrarão lá um dia.

— Paizinho — implorou Julia em lágrimas —, deixe-nos a Ana, a única mãe que nos resta. Somente ela compreende como era nossa vida ensolarada em Paraty. Ela entende nossa tristeza, os tios daqui não conseguem.

Ludwig não vacilava nem voltava atrás nas suas decisões.

Todos os pedidos dos filhos ficaram sem resposta, como também ficou outra pergunta: qual a pressa de Ludwig de voltar ao Brasil? Por que preferiu ignorar o fato de que, ao se afastar de suas crianças num lugar tão longínquo, estava cometendo um erro irreversível? Será que já estava sonhando com uma das lindas irmãs de Maria Senhorinha? Não se sabe ao certo, mas há quem acredite nessa versão.

E assim, de um dia para outro, os cinco irmãos foram abandonados ao que o destino lhes reservara, pela segunda vez, com o agravante de que desta vez não era um desígnio divino, mas um capricho de um pai indiferente. Em verdade, era Ludwig, agora habituado ao colorido e ao calor da terra brasileira, que não queria mais saber do frio e do puritanismo de sua terra natal.

Mas ai dos filhos se pudessem ler seus pensamentos.

Quanto a Ana, Ludwig cumpriu a palavra, dando-lhe alforria ao voltar ao Brasil.

Quando as crianças perguntavam por ela nas cartas, Ana, escrava liberta, retribuía as lembranças carinhosamente.

Julia jamais voltou a ver sua ama.

Ludwig só voltou dois anos após a brusca partida, em 1858, forçando seus filhos a um exílio geográfico e cultural muito penoso. Foram anos longos e difíceis para eles, os quais tiveram que se acostumar aos rigores do inverno com temperaturas glaciais negativas. Expostas ao mar Báltico, as habitações eram varridas constantemente pelo vento gelado do Ártico, deixando os dois menores muito temerosos.

Fora os dois meses de verão, julho e agosto, Lübeck era ventosa e cinzenta; e no inverno, com muita neve, tornava-se coberta com uma fina camada de "açúcar", como disse Julia na primeira vez que a viu.

Mas o pior para as crianças foi ter que aceitar a cultura germânica, em que permeava a rígida crença luterana, com regras e costumes opostos aos deles. Além disso, a barreira linguística também precisou ser vencida.

Na casa da tia Emma, nada faltava às crianças; aliás, deveriam se considerar com sorte, pois a tia era boa com elas. No entanto, Julia sofria de saudade e tristeza. Não eram apenas saudades de sua terra. Julia ficava temerosa quando percebia que a maneira de viver livre e descontraída que havia deixado tinha sido substituída por outra, rígida, cheia de proibições e ameaças de castigos.

Habituada às vozes de uma casa movimentada, a um contínuo vaivém de escravos treinados para servir as crianças o dia todo, seus dias eram cheios de brincadeiras e alegria ao ar livre; ninguém percebia o tempo passar.

Agora se sentia completamente deslocada numa casa escura e silenciosa, não fosse pelos irmãos. Havia uma única criada, com a qual Julia não podia se comunicar de início. E esta não estava ali para satisfazer as vontades das crianças.

A casa, que ficava na cidade, não no meio da mata maravilhosa, era cercada por um pequeno jardim. No final de setembro, assim que começou a esfriar, Julia e seus irmãos tiveram que se acostumar às luvas, cachecóis e botas para se proteger da neve e do vento gélido. Certos dias fazia tanto frio que nem no jardim podiam brincar. Dentro de casa, poucas brincadeiras, e o dia já escurecia às quatro da tarde. Parecia que o tempo nunca passava; só a melancolia perpassava por toda a casa sombria. Só em seu quarto, desamparada, Julia abria sua caixinha de objetos preciosos e segurava o rosário, pedindo a Nossa Senhora que a levasse rapidamente de volta a Paraty.

Tia Emma se preocupava com o estado de tristeza dessa sobrinha; tentava agradá-la, mas não podia sequer perceber o mundo que ela havia deixado, nem imaginar a distância cultural que as separava.

Julia tentou explicar a falta que sentia da beleza e da amplitude da mata cheia de vida ao redor de sua antiga moradia. Falou-lhes também que a liberdade da qual gozava na fazenda tropical era um dos ingredientes fundamentais do paraíso singular que havia perdido.

Isso sem tocar no amor de sua mãe que se fora para sempre, deixando-a só para o resto da vida.

Mas nem tia Emma nem tio Éduard puderam captar a essência da magia que a menina lhes descrevia, pois o bosque europeu, fora a presença de belas árvores verdes, nada tinha em comum com a exuberância da Mata Atlântica ou sua biodiversidade única.

Quando lhes contou que ela e seus irmãos podiam entrar e sair da casa quando tinham vontade, e comer frutas e mariscos o dia todo, os tios exclamaram horrorizados:

— *Mein Gott!!!* (Meu Deus!!!)

Adeptos à disciplina rigorosa, eles nem sequer sintonizavam com o conceito de liberdade que Julia preconizava. Achavam-na esquisita e, frequentemente, a despachavam ao dormitório que dividia com a irmã.

Desamparada, via-se então na tina de lavar roupas, boiando no riacho atrás da casa-grande, e indagava se jamais tornaria a viver aquela cena tão prazerosa. Ou teria que aceitar que aquelas eram apenas memórias soterradas para sempre?

Eram as perguntas que não queriam calar, fazendo Julia se encher de melancolia. Esta, que a acompanhou por toda a infância, tentava guardar para si. Na realidade, nunca mais a abandonou.

Antes de voltar ao Brasil, Ludwig havia deixado instruções claras sobre a continuidade da educação dos filhos. Os garotos frequentariam o colégio durante a semana, residindo nas casas de parentes e vivendo a rotina de um lar. Mana e Julia, porém, seriam internas no pensionato de Thérèse Bossuet, e de sua mãe idosa, podendo se encontrar com os irmãos só aos domingos, quando algum parente as recebesse.

Os anos no pensionato

O PENSIONATO FICAVA NUMA RUA MOVIMENTADA COM CARroças e coches num vaivém o dia todo. Muitos pedestres contribuíam para um ambiente barulhento e pouco acolhedor. Criadas naquele paraíso ensolarado, Mana e Julia acharam o novo ambiente feio, triste e enfadonho.

O endereço era Breite Strasse, nº 89.

Thérèse, a diretora, e sua mãe, eram bondosas, mas sua juventude havia ficado lá para trás. Além disso, como educadoras germânicas, prezavam a disciplina, isto é, a pontualidade, a obediência e o respeito à religião luterana. O pensionato era uma instituição fechada, com regras e horários a serem cumpridos, e ditatorial, como a maioria das escolas germânicas da época. Para Julia, habituada à total liberdade de ir e vir ao ar livre, esse ambiente fechado, cheio de regras, era opressivo demais.

A alegria, que na infância havia sido um direito, agora era quase uma proibição.

O processo de aprendizagem foi bem severo. Nada de falar alto, era proibido rir ou chorar em público, ai de quem tirasse os sapatos fora do dormitório, e correr nos corredores era castigo na certa.

Cada criança tinha que arrumar a própria cama todos os dias, pois as poucas criadas eram funcionárias do pensionato, e não escravas de ninguém.

Armários velhos e escuros, todos iguais, eram um convite à monotonia; cada menina tinha direito a meio armário, o qual deveria estar sempre em ordem impecável. A inspeção se dava todos os dias, às sete da manhã, menos aos domingos.

No início, para não desanimar, Julia ainda lembrava como eram aquelas samambaias longuíssimas que se debruçavam até o chão, ou as orquídeas cor de maravilha e lilás que sua mãe trazia à sala quando floresciam... aquela festa de cores que tanto havia alegrado sua vida.

Certo dia, quando Julia rezava no dormitório, segurando seu rosário, Thérèse entrou de repente e se assustou com aquele objeto de devoção que a menina segurava:

— Julia, você precisa se desfazer desse rosário o quanto antes. A religião luterana não permite seu uso, e muito menos a imagem que está aí na ponta dele.

— Mas ela me protege — retrucou a menina apontando para a imagem de Nossa Senhora. — Agora que não tenho mais minha mãe, pelo menos tenho Nossa Senhora.

— *Nein!* (Não!) — respondeu-lhe a diretora, aproximando-se da menina para tomar-lhe a correntinha.

— Só Deus pode lhe dar proteção — disse enfaticamente à sua aluna, cujas lágrimas já lhe desciam pela face.

— Dê-me o rosário — exigiu Thérèse.

Mas Julia não abria a mão. Então a mestra o puxou com força, o rosário partiu-se, deixando a menina desolada pela perda irreparável. Punida mais tarde por desobediência, Julia jamais aceitou a autoridade de uma adulta contra uma criança indefesa e órfã. Essa sensação de impotência perante a rigidez do pensionato foi uma das fontes para compreender a grande melancolia que Julia sofreu na infância em Lübeck.

Como era previsível, outros problemas não tardaram a aparecer. Começaram logo na hora de sentar-se à mesa: após a oração para agradecer pelo alimento, todas as alunas aguardavam a chegada da comida em silêncio. Julia já rompia a norma da casa, perguntando em voz alta:

— Onde estão meu arroz e feijão?

Arroz, como sabemos, não fazia parte do cardápio anglo-saxônico. Feijão, quando havia, era branco, não o pretinho ou carioquinha como a menina estava habituada. Para agradar Julia, Thérèse se esforçava, servindo feijão-branco, algo totalmente fora do padrão do cardápio da instituição. Recusando-se a comer tanta batata e repolho, Julia fugia para o pequeno jardim, onde talvez se imaginasse entre as samambaias de várias tonalidades de verde da encantadora moradia de sua primeira infância. Quando era chamada de volta ao refeitório, percebia o olhar de censura também das colegas, olhar que feria sua alma jovem, tão sensível.

Esse desafio da jovem era um problema para Thérèse, pois, na Alemanha, palavra de adulto era lei, ainda mais palavra de educador.

Apesar desse comportamento arisco, a diretora teve imensa paciência com sua aluna mais jovem, pois gostou dela desde o início. Não tendo tido seus próprios filhos, Thérèse imaginou poder tornar-se uma mãe substituta para Julia.

Durante as várias crises que a menina sofreu, e algumas doenças comuns à infância, cuidou dela com carinho, mas Julia não se deixava levar facilmente. Levou meses até conseguir chamar Thérèse de mãe, e o fazia só para agradá-la. Sua mãe verdadeira jamais poderia ser substituída. Julia até gostava dos afagos, mas Thérèse, velhinha solitária, exagerou, e Julia começou a desenvolver uma relação de amor e ódio, difícil de ser conciliada.

Afortunadamente, no pequeno jardim que circundava o pensionato, Julia percebeu que brincar e correr com as colegas podia até ser divertido, embora faltasse aquela atmosfera mágica de Paraty.

Quando fortes ventos começaram a soprar no começo de outubro, e observando que as meninas já não brincavam mais no jardim, Thérèse sugeriu irem à praia.

A alegria tomou conta das jovens, especialmente das irmãs brasileiras.

No sábado, Julia e Mana chegaram primeiro no portão. Seus vestidos de cambraia de amarrar nos ombros e suas sandálias causaram grande riso das colegas:

— *Nicht diese schuhe!* (Não esses sapatos!)

— *Nicht diese kleider!* (Não essas roupas!) — exclamaram. — *Er ist su kalt zum strand.* (Faz muito frio na praia.)

— *Socken!* (Meias!)

Julia explodiu.

— Não aguento mais! Toda hora "*nicht* isso", "*nicht* aquilo".

Perspicaz, Thérèse veio rapidamente ao encontro das irmãs brasileiras e explicou a elas que ventava muito perto do rio Trave, e seriam necessários o cachecol e luvas, além de meias grossas compridas.

Chegando à margem do rio, lá chamado de praia, o vento era intenso; Julia e Mana sentiram uma lâmina que lhes cortava a face, e observaram desiludidas aquela tonalidade cinza que transforma a costa e o mar gélido numa paisagem vazia e triste.

Não era apenas o vento frio que congelava o coração; o verdadeiro problema era a falta de sol. Responsável pela elevação da temperatura nos trópicos, o sol era como o diretor artístico que comandava toda a luminosidade da cena e seu encanto. Sem ele, adeus calor, adeus magia.

Consternada e tremendo de frio, Julia dirigiu-se à madame Thérèse:

— Onde está a praia? Não vejo palmeiras nem passarinhos pousando nos coqueiros, disse com tristeza ao olhar para aquele pedaço de areia sem brilho, sem sol e sem ondas.

Thérèse logo compreendeu a desilusão da menina, mesmo nunca tendo pisado em praia tropical alguma. Abraçou-a, explicando-lhe que em Lübeck a praia era só de rio, e que, devido ao frio, as palmeiras e os animais que ela mencionava não poderiam resistir e morreriam.

Julia caiu em prantos ao lembrar que o pai dissera que haveria praia.

Apesar das palavras de conforto das colegas, a solidariedade não seria suficiente para aplacar sua revolta, ao perceber que havia sido enganada novamente.

A praia com a qual sonhava estava longe, fora do seu alcance, talvez para sempre, deixando-a completamente inconformada. Para não afundar na amargura, começou então a construir uma proteção interna, atrás da qual guardaria para si suas memórias indeléveis, a fim de jamais esquecê-las. Começou a anotar algumas num caderno que se tornaria um novo tesouro.

Eis que o destino lhe trouxe uma boa surpresa.

A avó Marie Louise

Desde o primeiro dia, tudo deu muito certo com a mãe de Ludwig. Por uma feliz coincidência, no dia em que completou sessenta anos, a avó Marie Louise foi agradavelmente surpreendida pelos cinco netos do Brasil! Sem aviso prévio, a turma irrompeu na sala da avó, entre risadas e gargalhadas, pregando-lhe um belo susto. Sem saber uma palavra de alemão, mas com boa vontade, todos se comunicaram por meio de mímica e alegria, que se tornaria a marca registrada das domingueiras na casa da avó, por muitos anos.

A cada dois domingos, a avó reunia todos eles, na sua espécie de chácara, onde se podia subir e descer em macieiras, cerejeiras, nogueiras e ameixeiras. Plantas de groselha e uva-espim também não faltavam.

Qual o segredo desta avó cujas domingueiras ninguém queria perder?

Seu grande senso de humor certamente tornava os domingos em sua casa uma fonte de diversão sem fim. Além de tocar piano muito bem, Marie Louise amava cantar, no que era acompanhada pela criançada, que rodopiava em torno do piano até cair de tanto dar risada.

Mas Marie Louise tinha algo mais, era afetiva e suas palavras iam direto ao coração de seus netos.

E o melhor da festa era um baú com roupas velhas que ficava no sótão. Lá as crianças encontravam um monte de trajes elegantes e máscaras variadas, com os quais se fantasiavam.

Além de roupas velhas, o baú continha um uniforme do exército prussiano, com fitas e condecorações vermelhas, pretas e brancas. Havia um sem-número de marcas de passagem, como cartões postais, álbuns de fotografias sépia, bonecas, relógios quebrados, toda uma coleção de quinquilharias que a humanidade deixa atrás de si, de tanto correr para tentar segurar o tempo de mil lembranças desaparecidas.

Tio Theodor, um filho mais jovem de Marie Louise, habitava na mesma casa e reclamava dessa algazarra. Mas a avó compreendia melhor que todos o abandono que seus netos haviam sofrido, e não se importava. Defendia o direito dos netos de se divertirem à vontade, e os netos retribuíam seu amor, do qual nunca se esqueceram.

Julia gostava tanto dela que a chamava de sua avó verdadeira. Para completar a alegria, no final da tarde, a avó Marie Louise também sorteava bombons como numa loteria. Mas havia uma novidade, não eram os bombons que as crianças conheciam.

— Hum... parece de coco, mas não é — disse Julia.

— Será de nozes? — perguntou Mana.

— *Nein liebe enkelin* (Não, querida neta) — disse a avó. — Isto é a especialidade da nossa terra feita com amêndoas, chama-se marzipã ou maçapão.

— Que delícia! — exclamaram todos ao mesmo tempo, e a avó logo compreendeu que seria uma boa ideia trazer os bombons novamente.

Julia tinha facilidade para línguas. Aprendeu o alemão rapidamente, e seu sotaque de Lübeck era perfeito. Tampouco teve dificuldade com o francês ou o inglês. Tornou-se trilíngue em pouco mais de um ano.

O problema era o português.

Enquanto os irmãos permaneceram na Alemanha, Julia tinha com quem conversar na própria língua.

No pensionato, porém, Julia e Mana tinham percebido que não era apreciado quando falavam em língua que ninguém mais compreendia.

Passaram a usá-lo apenas quando estavam a sós.

Férias com Thérèse

Quando as férias se aproximavam, Thérèse percebia que Julia ia ficando agoniada ao lembrar que as colegas voltariam à casa de seus pais.

Ludwig jamais apareceu para passar uma temporada de verão com seus filhos, tampouco cedeu ao sonho de Julia de levá-la de férias ao Brasil com sua irmã.

Cientes disso, as diretoras do pensionato se ofereceram para levá-las à praia nas férias de verão.

O lugar chamava-se Travemunde, antiga vila de pescadores há mais de quinhentos anos. No século XIX, havia se tornado a clássica estância balneária do norte da Alemanha. A areia branca e a brisa da manhã eram convidativas, mas Julia sofria ao olhar para as outras garotas acompanhadas de pais e mães bem trajados com roupas alegres e modernas, bem diferentes dos trajes velhos e escuros usados pelas duas diretoras. Thérèse era uma velhota feia e corcunda. Difícil para Julia se identificar com ela, quando lembrava de sua mãe que fora tão bonita.

O sentimento de raiva que Julia nutria por ser interna num pensionato eclodia em ódio na praia, quando confrontada com essa realidade.

Thérèse e sua mãe, sempre solidárias, aproveitavam o verão para trazer uma amiga ainda mais idosa do que elas. Não podendo mais caminhar, seu carrinho era levado ao mar no mesmo barco que levava as jovens até o banco de areia onde formava-se uma prainha. Chuva ou sol, o programa começava todo dia às seis da manhã e terminava quando Thérèse tocava o sino. Aí o encarregado buscava as garotas e a velhinha, e as conduzia de volta à praia.

Nos dias de sol, aproveitavam as ondas altas para cobrir o corpo inteiro na água gelada, para grande felicidade de Julia. Após o banho de mar e um pãozinho, iam ao parque assistir a um concerto matinal e ao coral. De volta pra casa, faziam as lições e escreviam cartas. Todo o tempo preenchido com atividades organizadas, mas repetitivas, de modo que os dias eram todos iguais. Essa monotonia não combinava com Julia e a sufocava.

Sentia saudades dos fins de tarde ensolarados em Paraty, quando as crianças ainda aproveitavam os últimos raios de sol sentadas nos degraus do caramanchão, livres, felizes e despreocupadas. Era frequente nessas horas que as crianças já imaginassem as brincadeiras do dia seguinte, pois a liberdade lhes permitia ser criativas.

Julia gostava de experimentar novidades, mas o regimento interno do pensionato lhe tolhia a liberdade de ser ela mesma, deixando-a angustiada e insatisfeita.

Quando Thérèse a via assim, perguntava-lhe:

— Julia, você tem tudo de que precisa, o que quer mais?

— Eu não preciso de mais nada, mas gostaria de ser livre para fazer escolhas — respondia ela, tentando não melindrar a professora.

— Mana não vive descontente como você — retrucava Thérèse.
— Mas eu não sou Mana, eu sou a Julia! — insistia a garota, com sua personalidade marcante sempre mais visível.

O problema da identidade

Julia havia absorvido a alegria e a diversão do mundo brasileiro desde o berço. Em virtude da índole festeira de seu povo, havia assistido a vários batizados, reisados, noivados e casamentos, além da folia do Carnaval, sem paralelo no norte da Europa de seu tempo. Não só a alegria marcava a identidade de Julia. A descontração, em parte oriunda da musicalidade da cultura negra, também era um fator preponderante na sua formação.

Outro diferencial da cultura brasileira era a duração dos eventos, os quais não tinham hora para acabar. Todos dançavam, comiam e bebiam à vontade, como se o tempo fosse inesgotável.

Habituada à terra da fartura, com frutas variadas colhidas no pé o ano inteiro, Julia tinha dificuldade de aceitar as regras de uma sociedade rígida, que priorizava a moderação e o combate ao desperdício.

Sua nova pátria se baseava na autodisciplina, na seriedade, na poupança e na eficiência, isto é, em valores opostos ao lazer, à indolência sem culpa, ao esbanjamento de sua terra natal.[4]

Obrigada a acatar princípios tão distintos daqueles de sua formação, lentamente ia desconstruindo sua identidade. Uma planta tropical desenraizada dificilmente seria transplantada numa terra gélida. Julia não pertencia àquele lugar.

A chegada da primavera

Quando o inverno terminava, as macieiras floriam, os campos ficavam coloridos e alegres até às nove horas da noite, horas ensolaradas no hemisfério Norte.

Para satisfazer a pequena Julia, Thérèse cultivara boas relações com parentes e amigos, obtendo permissão para passear, até pernoitar em seus sítios e fazendas, e tomar leite fresquinho cedo de manhã. Quando os passeios pelo bosque se estendiam o dia todo, com piquenique, e Thérèse também pernoitava, aí a pequena Julia ficava. Caso contrário, ela segurava a mão de sua professora e só soltava quando estavam de volta ao pensionato, tal era sua insegurança.

Não muito longe de Lübeck, na mesma região, ficava uma zona rural sossegada, onde Julia se sentia livre como na infância. Ali havia uma fazenda à qual Suzette, a professora de francês, também vinha, para alegria das garotas. Sabendo andar a cavalo, ajudava as meninas a montarem num jumento que as conduzia até um bosque ladeado por campos cobertos de capim brilhante. Ao contrário das férias arregimentadas de Travemunde, ali as meninas se soltavam, podiam passear e brincar livremente. Ali Julia desabrochava.

Havia outro sítio que apreciava, e havia batizado de "pomar do paraíso" porque tinha grande quantidade de cerejeiras e frutas silvestres que podiam ser degustadas à vontade.

Numa dessas ocasiões, Manu, o irmão mais velho de Julia, já com doze anos, também foi convidado. Moreno, atraente, um tipo latino bonitão, fez muito sucesso com as colegas de Julia, deixando-a toda orgulhosa.

No verão, também os passeios de barco ofereciam uma boa fonte de lazer. Num dos afluentes do rio Trave havia um local onde a avó Marie Louise convidava para saborearem trutas na brasa.

No vilarejo de Schwartau, outra especialidade alemã que lhe agradava muito era creme fresquinho batido com morangos, amoras ou framboesas.

Música e teatro

DE VOLTA AO PENSIONATO, THÉRÈSE LEVAVA AS MENINAS AO teatro semanalmente; e, com frequência, ao concerto também. Julia, que já tocava piano, ficava deslumbrada com tantos instrumentos. Quase todas as alunas gostavam dos programas artísticos, mas Julia vibrava de uma forma muito particular. Ouvia música como se a orquestra tocasse só para ela.

Se os métodos pedagógicos do pensionato eram bastante rígidos, no tocante à educação artística a Alemanha, já naquela época, oferecia aos jovens um leque variado de possibilidades, incentivando-os muito positivamente. Sem sombra de dúvida, essa constante exposição às artes foi um fator preponderante no desenvolvimento da paixão musical de Julia, que era vista ao piano por longas horas, além do exigido.

Julia conseguiu transfigurar sua solidão e amargura, encontrando na música uma forma de aplacá-las.

Havia encontrado uma nova atividade que lhe trazia imensa satisfação. Envolta na magia que a música lhe proporcionava, fizera do piano seu grande refúgio, onde podia estar a sós, sem tristeza. Através da música, começou a sentir-se inteira, aceita e, consequentemente, mais feliz. Tornara-se a pianista do pensionato, e aos dez anos, seu professor, senhor Pape, lhe dedicou uma de suas composições. Na hora, sentiu-se honrada, mas alguns anos depois veio a compreender o significado desse gesto, que a distinguia das demais alunas.

Também a ópera fazia parte das atividades musicais que as garotas ouviam. Apaixonada por música, não foi difícil se encantar pela ópera. Guardava na memória dezenas de árias, e podia ser vista frequentemente cantarolando pelo jardim.

O pensionato organizava duas ou três peças teatrais por ano, quando Julia subia ao palco, segura e com elegância. Secretamente, acalentava o sonho de ser atriz.

Suas matérias favoritas eram desenho, redação, francês, o qual já dominava, mitologia e astronomia. Em noites estreladas, o professor voltava ao pensionato para mostrar-lhes as constelações.

Gostava também de história da arte, história antiga e geografia, mas tinha horror a fazer contas.

No fim do ano, o pensionato realizava uma apresentação de balé em que todas as alunas vestiam tutus brancos. A animação contava com professoras, violinistas e as alunas, adornadas para o grande evento. Dançar na ponta e realizar saltos difíceis eram movimentos executados pela filha da professora de balé, uma bailarina profissional.

Antes de deitar-se, Julia ensaiava os movimentos mais difíceis; também tinha esperança de tornar-se bailarina. De fato, era graciosa, principalmente quando vista movendo um lenço cor-de-rosa ao flutuar pelo palco do pensionato. Treinava também as muitas reverências que imaginava estar recebendo após os aplausos. Sonhar era maravilhoso, mas Thérèse cortou suas aspirações dizendo-lhe:

— Julia! Pense em sua família, seus tios, os irmãos! Como irão se sentir quando você se tornar bailarina profissional? Isso não é coisa para pessoas de sua classe — disse-lhe enfaticamente.

Julia baixou a cabeça, desolada. Novamente sentiu sua vontade sendo dobrada. Desta vez para satisfazer as exigências da nova sociedade à qual pertencia. Mas fez uma promessa a si mesma: se um dia tivesse uma filha que quisesse fazer teatro, não a impediria.

Nas noites de apresentação artística no pensionato, Julia era requisitada em muitos dormitórios para dar conselhos sobre os trajes, a melhor maneira de dizer tal frase e, sobretudo, como portar-se no palco, pois realmente movimentava-se com graça e harmonia. Entre seus dons, primava pelo bom gosto.

Escolhia cores que combinavam entre si. Mas seu segredo estava no porte elegante, seguro, já ciente de que chamava muita atenção. Seu traquejo ao balançar o corpinho atraente lhe dava aquela feminilidade que as outras garotas não possuíam. Aí residia o charme de Julia.

Logo após a apresentação anual de balé, que havia deixado Julia muito feliz e segura de si, houve semanas de frio muito intenso. Ao visitar a querida avó Marie Louise, esta queixou-se de forte congestionamento nos pulmões, o que deixou Julia preocupada.

Ao abraçar a avó, teve um mau pressentimento.

Confirmada a pneumonia, na época um perigo mortal, as visitas aos domingos foram proibidas, para a grande tristeza dos netos que a adoravam. Após algumas semanas, a avó Marie Louise faleceu.

Era a primeira semana de janeiro de 1865, apenas nove anos após o falecimento de sua mãe, e novamente Julia foi confrontada com o trauma da morte.

Para aumentar sua tristeza, Manoel, seu irmão mais velho, então com dezessete anos, voltou ao Brasil. Felizmente, restavam os outros três: Mana, Luiz e Paulo.

As domingueiras passaram para a grande casa dos tios Éduard e Emma, na Paradeplatz, no coração de Lübeck, mas não tinham mais aquele doce sabor da infância, que Julia sentiu passar com a morte da avó Marie Louise.

Por sorte, e em virtude de seu carisma, Julia fez várias amizades no pensionato. Duas irmãs, Marie e Elisabeth, filhas de uma professora, traziam-lhes pequenas lembranças diárias que Julia retribuía. Toni, a mais inteligente da classe, escrevia poemas para ela. Muitas colegas se aproximavam dela, mas nem sempre ela lhes dava a atenção devida. Dizia que as amizades eram transitórias como bolhas de sabão. Tanto que algumas garotas a achavam independente, convencida e às vezes dominadora, traços que já marcavam sua personalidade em formação.

A melhor amiga de Julia no pensionato foi Miete, filha de uma condessa. Prestativa e abnegada, esta jovem foi cuidar de doentes dos quais contraiu pneumonia, vindo a falecer muito jovem. Julia abalou-se muito ao receber a notícia, pois a tinha perdido de vista. Ficou amargurada por não ter se despedido dela a tempo.

Uma moça mexicana, de nome Josefa, também foi amiga de Julia. Diferentemente da primeira, Julia continuou com a amizade mesmo depois que Josefa se mudou para longe.

Alguns anos mais tarde, quando Mana tinha dezesseis anos e Julia catorze, foram convidadas pela família Stolterfoht, a qual possuía um sítio em Kastorf, região de campos abertos e floridos no verão. As colinas baixas davam grande amplitude à paisagem, encantando Julia, que ficava feliz com qualquer interrupção da monotonia do pensionato.

Além do sítio, Papa Stolterfoht também tinha dois filhos, Heinrich Nicolaus e Paul, quase da mesma idade que as mocinhas Bruhns, e como bom pai da época, fazia planos para o futuro deles.

A confirmação religiosa* de Mana e suas consequências

* Confirmação religiosa corresponde à Primeira Comunhão, mas realizada aos treze anos na religião Luterana.

NO DIA DE SUA CONFIRMAÇÃO RELIGIOSA, MANA, com dezessete anos, era uma bela morena, como Julia gostaria de ter nascido. Para isso, banhava seus cabelos loiros em óleo para escurecê-los, de modo que ficassem mais parecidos com os da sua saudosa mãe e toda sua família brasileira.

Em seu vestido de seda preta, Mana estava linda, prestes a sair do pensionato. Julia, que não sonhava outra coisa, resolveu fazer sua confirmação também, aproveitando a presença das amigas Miete e Josefa que seriam confirmadas naquele ano. Largaria as bonecas para as colegas mais jovens, e, num passe de mágica, se tornaria adulta mais depressa. A confirmação significava não apenas sua maioridade religiosa, como também a conclusão dos estudos formais. Para Julia, livrar-se do pensionato representava a entrada na vida social, que a levaria eventualmente ao casamento.

No entanto, na inocência de seus quinze anos, não podia ter a percepção da fragilidade de uma jovem católica perante uma sociedade luterana. Tampouco foi orientada para compreender que o rito de passagem exigiria algum sacrifício, pois desconhecia que um dos dogmas da religião protestante, na época, era a renúncia a qualquer desejo.

Se renunciasse ao maior deles, voltar à sua amada Paraty, esta poderia cair no esquecimento, e então perderia o último contato com sua identidade. Um verdadeiro dilema.

Alemã e luterana já tinha se tornado, mas com a confirmação religiosa era necessário professar essa nova religião e aceitar seus dogmas. O padre que faria a confirmação seria o mesmo que lhe deu a bênção protestante quatro anos atrás. Escolheu para ela o versículo: "Quem me ama deve abdicar de si; tome a sua própria cruz e me siga".

Para uma garota que levava a vida espiritual a sério, a escolha desse versículo a abalou profundamente, chegando a provocar-lhe uma verdadeira crise de identidade. Perguntava-se: afinal sou brasileira, ou já me tornei alemã?

Dar vazão a seus sentimentos, tanto zangar-se quanto rir em voz alta em público, eram comportamentos absolutamente condenáveis nesse cantinho germânico do mundo, onde as crianças, sobretudo, as meninas, deveriam ser vistas, mas não ouvidas. Nesse lugar, o autocontrole era bem mais apreciado numa mulher do que a descontração típica de Julia.

Sabia que sua maneira de ser era diferente; sentia-se tolerada, sim, mas aceita como as outras, jamais. Orgulhosa de sua herança brasileira, sonhava em voltar ao seu paraíso.

Mas conforme o tempo ia passando, percebia que essa ideia tornava-se cada dia mais remota. E renunciar a esse desejo causava-lhe uma profunda angústia, pois sentia que havia forças poderosas que queriam obrigá-la a ser o que não era.

No início da adolescência, quando as mudanças hormonais começaram a trazer-lhe transtorno suficiente, esta dúvida, ser brasileira ou alemã, deixou-a muito insegura, e provavelmente contribuiu para as decisões precipitadas que tomou em seguida.

No último passeio escolar para o campo, as duas diretoras velhotas trouxeram também a professora de piano.

Sendo muito mais rápidas, Mana, Julia e a amiga Marie se distanciaram das velhinhas, deixando-as cada vez mais para trás. Mas não apenas a distância física as separava das professoras; a inexorável passagem do tempo projetava as jovens para uma nova fase da vida. A cada ano, chegava o tempo da separação física das alunas, tempo de desatar os vínculos que as haviam mantido presas ao pensionato. Chegara a hora da soltura das moças, deixando-as livres para seguirem seus caminhos individuais.

O pensionato se tornara ultrapassado, uma nova fase se anunciava.

Na festa de encerramento, quando Thérèse estava triste ao se despedir das alunas que concluíram o curso, Julia, com voz decidida, comunicou-lhe que chegara sua vez de superar a infância. Pretendia fazer a confirmação religiosa assim que terminasse os estudos, e em seguida deixaria o pensionato.

Apesar da mágoa, pois nutria por Julia um amor quase materno, Thérèse não se opôs.

O semblante de Julia Mann

Julia já era cativante na adolescência. Seu olhar cheio de vida transmitia algo daquela sensualidade latina, tão pouco comum nas terras nórdicas onde agora habitava. A curvatura de seus lábios bem delineados sugeria algo de passional, enquanto os cabelos, que ela tingia bem escuros, emolduravam o belo rosto carismático.

Ao desabrochar numa linda mulher, a luminosidade de seus grandes olhos pretos irradiava algo mais atraente do que a beleza pura, mais promissor que um lindo sorriso. Seria uma esperança, uma palpitação de algo ainda por vir que aquele olhar sedutor incitava? Aí residia seu fascínio inesquecível, quase lendário.

Para um bom observador, e havia sempre vários disponíveis, sua expressão às vezes ocultava ligeira tristeza, camuflada talvez por não ser aceita entre seus pares. Mas era o abandono que havia sofrido na infância o responsável pelo traço melancólico, quase indelével.

Sua presença notável também era definida pelo modo como caminhava, com muita graça e desenvoltura. E assim procedendo, jogava o jogo sutil da sedução que tanto furor causava entre os habitantes conservadores da pacata comunidade de Lübeck. Estes, por sua vez, dada sua formação rígida, não podiam compreender que um sorriso sedutor não era sinônimo de depravação, e, sim, a forma brasileira de levar a vida.

Nela estava embutida a alegria de viver e o prazer de sentir e compartilhar essas sensações através de olhares, talvez comprometedores para os adeptos da fé luterana, mas aceitos com normalidade no mundo latino, onde sentir não é pecado.

No entanto, seu sorriso cativante, um pouco mais alto do que era considerado aceito pelas damas da sociedade, foi sempre motivo de crítica e censura.

Thomas Mann assim descreveu sua mãe:

> Nossa mãe era de beleza extraordinária; sua presença, espanhola, não restava dúvida — voltei a encontrar certos traços da raça e do habitus em dançarinas famosas; irradiava o esplendor sulino de marfim, era nobre o feitio de seu nariz, e a boca formosa como jamais vi outra.[5]

"Sonho de uma noite de verão"

NA LÜBECK DAQUELA ÉPOCA, AS FESTAS ONDE JOVENS SE encontravam com moças de sua idade eram familiares, e quase todos se conheciam, oriundos do mesmo lugar, ou alguma outra cidade do Báltico e das redondezas.

Certa noite, numa dessas festas, apareceu uma mocinha encantadora, com olhos escuros cheios de vida. Contou que havia nascido no outro lado do mundo e todos ficaram curiosos. Uma brasileira já era uma raridade nessas paragens, e como ela chegou com a irmã Mana, havia duas.

Em conversa com elas, os jovens ouviram histórias povoadas por indígenas, jiboias, onças e sucuris. As garotas alemãs acharam maravilhoso que nesse tal de Brasil não havia inverno e era possível passear pela praia o ano inteiro.

Os colegas também repararam que elas falavam o alemão sem sotaque. Aí foi a vez de Julia ensinar algumas palavras em português, que os jovens tentaram dizer, mas o sotaque deles provocou muitos risos.

Julia, festeira, divertia-se. Era admirada e cortejada por vários jovens, recebia flores e mimos de pretendentes. Sua sensualidade e exuberância latina já chamavam atenção, deixando-a satisfeita.

Livre da rigidez do pensionato, jovem, bonita e despreocupada, este foi um dos períodos mais felizes de sua vida.

Numa linda noite de céu estrelado, observou um jovem de olhos castanhos como os de Manoel Pedro. Aliás, justamente aqueles olhos, não os havia admirado numa propriedade rural com Thérèse? Lembrou-se: era irmão daquele rapaz interessado por sua irmã Mana. Deveria ser Paul Stolterfoht.

Atraente em seu vestido de *crêpe de chine* rosa pálido, e seu cabelo preso adornado com flores do mesmo tecido, sentiu o olhar furtivo que Paul lhe lançou. Intuitiva, também sentiu-se atraída por seu olhar inteligente, sua postura jovial, alegre, e, sobretudo, seu aprumo.

De início, assustou-se. Nenhum rapaz havia olhado para ela dessa forma. Depois, sentiu-se lisonjeada. Observou que avançava respeitosamente, mas decidido. Feliz, sentiu seu rosto enrubescer e rezou para que ele não percebesse, o que era impossível, uma vez que ambos sentiam-se hipnotizados.

Ecoava uma valsa que ela conhecia bem, pois fazia parte de seu repertório ao piano, e seus olhos começaram a dançar com a valsa. Esperto, ele logo percebeu que a música lhe falava ao coração e deduziu que esse seria um caminho para chegar-se a ela.

Quando a música terminou, era como se ambos acordassem de um sonho.

Com elegância, o rapaz a acompanhou a uma das mesinhas que havia em volta da sala, tendo o cuidado de escolher uma que estivesse vazia. Julia vibrou com a ideia de poder conversar a sós com sua recente conquista. Quando seu parceiro lhe contou sobre seu trabalho no campo, em Kastorf, Julia teve a certeza de que era mesmo Paul Stolterfoht. Compartilharam sua paixão pela natureza, e Paul se interessou muito pela Mata Atlântica, que envolvia a fazenda onde Julia nascera. Ao perceber que ele sabia mais sobre a região brasileira do que dava a entender, perguntou-lhe:

— Você já esteve lá?

Ele enrubesceu. Ainda não podia contar-lhe porque era segredo. Seu irmão Heinrich Nicolaus voltara de Paraty há pouco, aonde tinha ido pedir a mão de sua irmã, Mana, ao pai Ludwig Bruhns.

Julia compreendeu, mas sabiamente intuiu que era cedo para fazer mais perguntas.

Salvos pelos acordes da próxima valsa, Paul a convidou novamente, e o par sorridente seria visto flutuando pelo salão enquanto houvesse música. Quando havia um intervalo, retomavam a prosa, que fluía tão amigavelmente que ambos tiveram a sensação de terem se conhecido em algum lugar do passado.

Ao voltar para a casa dos tios Éduard e Emma, onde morava, Julia percebeu que olhava para os rapazes que passavam, procurando algum que se parecesse com Paul. Todas as impressões daquele baile continuaram claras em sua memória; parecia que o tinha trazido consigo, pois sentia-o espiando-a por detrás da estante ou em frente à lareira. Bastava ouvir novamente uma valsa que as recordações daquela noite ressurgiam, quando ele a segurou em seus braços pela primeira vez enquanto rodopiavam pela sala. Recordava e sorria feliz.

Tinha encontrado um rapaz que a fazia se sentir mulher.

Se Mana se casar com Heinrich, pensava ela, *em breve Paul também poderá fazer parte da família*, conferindo-lhe um charme todo especial quando tivesse que enfrentar seu pai. A imaginação dela viajava longe... Quem sabe poderiam celebrar as núpcias no mesmo dia, como sua mãe havia imaginado quando ainda eram meninas em Paraty.

Nesse momento, a camareira atendeu a porta e voltou com um magnífico buquê de flores campestres amarelas e alaranjadas. No cartão que o acompanhava estava escrito: "Para a elegante e atraente srta. Julia da Silva Bruhns, cuja musicalidade e alegria admiramos."

Julia abraçou o buquê e, antes de colocá-lo no vaso lilás de Sèvres, dançou com ele pela casa, para grande surpresa da camareira, que ficara admirada diante dessa demonstração de ternura.

Tia Emma também percebia que sua bela sobrinha estava cada dia mais enamorada de Paul e, como responsável pela menor, achou por bem relatar o fato ao pai.

Ludwig a galope

Se tivesse colocado dinamite dentro da carta não teria tido uma reação mais inesperada. Ludwig partiu rapidamente para a Europa a fim de dissuadir sua filha da maluquice de querer casar-se aos dezesseis anos. Habituado a tomar sozinho todas as decisões sobre os filhos, sabia que não seria diferente com Julia.

Sem dizer nada de antemão, chegou em Lübeck carregado de valiosos presentes e lembranças de Maria Senhorinha, e começou a comprar um guarda-roupa para Julia para uma viagem surpresa aos Alpes. Havia trazido de Paris luvas de Jouvin e cintos coloridos para combinar com a fivela dourada do vestido branco de *mousseline*. E para que não lhe faltasse nada, comprou trajes de viagem e trajes para a noite, pois na época, a sociedade nos hotéis de luxo trocava de toalete para o jantar.

Parece que o fazendeiro viúvo, morando no interior da mata brasileira, estava bastante bem-informado sobre moda feminina.

No início, Julia não queria saber de nenhuma viagem que a afastasse de seu amor, mas Ludwig, habituado a enganá-la desde a infância, veio com suas conversas de que era para o seu bem, que ela era muito jovem. Mas, desta vez, Julia não cedeu. Ludwig então amenizou a decisão dela, dizendo-lhe que a viagem seria breve, que seria só para ela pensar melhor, e, se quisesse, ao regressar ainda poderia voltar ao seu amado.

A viagem começou por Interlaken, na deslumbrante região do Oberland Bernês, cuja visão dos Alpes brancos e pontiagudos era majestosa, onde podia ouvir a profundidade do silêncio. Situada entre dois lagos, como o próprio nome indicava, era uma cidadezinha paradisíaca já muito apreciada pela alta burguesia europeia da época. Hospedaram-se no elegante Victoria-Jungfrau, recém-inaugurado (1865), cuja elegantíssima Salle de Versailles receberia mais adiante ilustres hóspedes famosos, como Richard Strauss, Giacomo Puccini e Enrico Caruso.

Não estando longe de Kandersteg, onde era maturado o famoso queijo Emmenthal, subiram até lá e saíram de madrugada, no frio, montados em jumentos com dois guias, para admirar as montanhas da região. Mais tarde, quando a névoa se levantou, e os raios de sol se debruçaram sobre o lago cristalino, Julia teve a sensação de estar num mundo mágico, onde a luz enfeitiçava os trechos ainda gelados.

Depois costearam o Lac Léman, cujas margens em terreno inclinado eram marcadas por extensos vinhedos, e visitaram a elegante Genebra, já importante centro financeiro e cultural da Suíça francesa.

Julia ficou imbuída de tamanha beleza, dos picos gigantes nevados e dos vales silenciosos. Enamorada, teria preferido saborear suas emoções em silêncio, mas manteve o diálogo com o pai, como convinha quando em companhia.

Aproveitou a boa ocasião para perguntar:

— Pai, se os Stolterfoht não fossem uma boa família, o senhor não teria dado a mão da Mana ao Heinrich Nicolaus, verdade?

— Julia, nada tenho contra a família deles — respondeu Ludwig —, apenas disse que você é muito jovem aos dezesseis anos e não está pronta para o casamento.

— Mas mamãe tinha quinze anos quando o senhor se casou com ela...

Ludwig ficou em silêncio, não tinha argumentos para provar seu ponto de vista, além de não gostar de falar da sua falecida esposa.

Julia tentou sua última cartada:

— Pai, se eu me casar com Paul, irei morar no campo como desejo e serei vizinha de Mana. Vamos poder continuar conversando em português. Paizinho, já pensou que alegria seria para nós duas?

Ludwig perdeu a paciência e proibiu Julia de voltar a esse assunto. Novamente vítima do autoritarismo paterno, Julia foi obrigada a calar-se.

Quando finalmente voltaram a Lübeck, havia uma notícia nada alegre. Seu amado Paul estava de partida para a cidade de Riga, capital da Letônia, onde havia recebido uma oferta de trabalho.

Na despedida, relatou a Julia que Ludwig não lhe havia sinalizado com um "sim" quando ele pediu sua mão, portanto, preparava-se para ser transferido.

Mais uma vez, Ludwig desmanchara um sonho da sua filha mais jovem, impondo-lhe sua vontade. Triste derrota para Julia.

Poucos dias depois, ao observar o pai que se preparava para voltar ao Brasil, Julia implorou para ir junto.

— Você precisa casar-se na hora certa e formar sua própria família aqui na Alemanha.

— Por que na Alemanha? Se você não me deixa casar com Paul, pelo menos me deixe voltar ao Brasil, onde estão minhas raízes.

— *Nein!* (Não!) — respondeu Ludwig, levantando a voz autoritária.

Em lágrimas, Julia foi consolar-se com Thérèse, a qual a aguardava curiosa para saber como andavam as coisas com seu pretendente. A antiga mestra era uma das poucas pessoas com as quais Julia podia desabafar. E ela foi muito benevolente, mesmo depois de Julia deixar o pensionato.

— Diga-me — perguntou —, qual o segredo que meu pai esconde para manter Mana e eu sempre distantes do Brasil? Já que conseguiu truncar meu sonho de me casar com Paul, por que não me deixa voltar a Paraty?

Thérèse apertou-a em seus braços.

— Não sei, *meine süsse* (minha querida) — disse Thérèse, inquieta ao ver a jovem tão magoada. — Talvez seja para seu bem, Julia. Você fez tanto esforço para se tornar alemã, abraçou nossa religião... Já pensou que transtorno fazer o caminho inverso?

E, sendo a mulher prática que era, acrescentou:

— Julia, você sonha em voltar a um mundo que não existe mais, *sussele* (queridinha). Seus irmãos e seu pai têm a própria vida para tocar, não poderão cuidar da sua. Aqui há tios bondosos, seus amigos e conhecidos com os quais você conviveu nos últimos dez anos.

Julia, porém, continuava inconsolável e se perguntava: "Se todos pensam apenas no meu bem, por que sou tão infeliz?"

Com a partida do pai, sentiu-se mais uma vez profundamente traída e abandonada à própria sorte.

Por um breve tempo, não queria mais saber de ninguém, pois nenhum rapaz chegava aos pés de seu ídolo, Paul Stolterfoht.

Primeiro porque sua barba era muito comprida; segundo, porque tinha olhos esbugalhados, ou então o nariz muito vermelho. O candidato com os pés muito grandes e chatos também não servia. E aquele primo da sua colega Miete?

— Com aqueles dentes todos cariados? — indagou-se Julia. — Deus me livre!

Por outro lado, Julia temia morrer solteirona como Thérèse. Paul, seu amor, já havia partido; Mana, casada, morava no campo; e o pai, tão pouco compreensivo, vivia a dez mil quilômetros de distância. Temerosa, preocupava-se com razão quanto a seu futuro.

Teria sido o destino?

Numa festa de despedida de solteiro, Julia foi apresentada a um jovem de 29 anos, bem-sucedido, de ótima aparência, pertencente à tradicional família Mann da elite local. A firma familiar Johann Siegmund Mann, Commissions und Speditionsgeschäfte (Comissões e Frete – Encaminhamento de Negócios) chegara à terceira geração com grande orgulho da família e de toda a cidade livre de Lübeck. Seu pai, além de cônsul para o Brasil e a Holanda, ocupava uma cadeira na Câmara Municipal.

O grande prestígio comercial e político da família Mann estava intimamente ligado à Liga Hanseática, império comercial marítimo que, no auge de seu poderio, abarcava não só os mercadores, como também todas as cidades de origem.

Esse imenso bloco de poder e influência comercial regeu os destinos econômicos do Báltico e grande parte da Europa por cinco séculos.

Nasceu no século XII da ideia de exonerar certas mercadorias dos pesados tributos e de criar privilégios alfandegários para algumas cidades portuárias. Lübeck foi a primeira dessas cidades imperiais livres, sem vínculos feudais para estorvar o comércio.

Quando Hamburgo, um pouco mais ao sul, aderiu ao acordo, estabeleceu-se uma organização sólida, poderosa e influente que se tornou a Liga Hanseática, ou simplesmente a Hansa.

Cabe lembrar que nessa época a Alemanha ainda era composta por múltiplos ducados, eleitorados, principados e demais feudos, não havendo ainda um poder centralizado. Esse papel seria assumido pela Liga, que adquiriu um monopólio virtual sobre todo o comércio do norte. Daí sua influência política também.

De Lübeck a Rostock, seguindo para Danzig na Polônia, Bergen na Noruega, Riga na Letônia, chegando até Novgorod na Rússia, todas se tornaram interligadas. A oeste, ligaram-se também os grandes centros de Bruges e Antuérpia, na Bélgica. Descendo pelo Vale do Reno, o comércio chegava ao Mediterrâneo e aos portos do Danúbio, por onde, eventualmente, alcançavam os cobiçados mercados do Oriente via Constantinopla, o mundo globalizado da época.

Lübeck foi a "rainha" da Liga Hanseática, a qual durou do século XIII ao XVII, quando já dava sinais de desintegração. Mas Bremen, Hamburgo e Lübeck continuaram membros até o século XVIII, quando a Liga acabou, mas não o prestígio da família Mann, com a qual Julia agora iria se cruzar.

O jovem chamava-se Thomas Johann Heinrich Mann, cujo nome doravante abreviaremos para Thomas J. H., tendo em vista a repetição de nomes que se usava.

> * Prussiano: indivíduo nascido na Prússia, território de língua alemã e fé protestante, caracterizado geralmente por sua rigidez e disciplina.

Exato e pontual, exibia outros dotes do bom prussiano:* o autoritarismo e a rigidez. Tão diferente da mulher sensível, vibrante e amante da música clássica na qual Julia tinha se transformado, é difícil entender por que escreveu ao pai, logo após tê-lo conhecido, que "seu destino estava selado". É preciso lembrar, no entanto, que seus dezesseis anos ainda não lhe conferiam a percepção aguçada necessária para poder julgar um futuro companheiro.

Transcrevemos aqui as palavras "encorajadoras" enviadas por Ludwig poucos meses antes do casamento, quando Julia já devia estar noiva de Thomas J. H., e dirigindo-se a ela como:

> Rio de Janeiro, 4 de fevereiro de 1869
> Minha amada criança,
>
> Ótimo cantar e tocar piano, e ser admirada pelos homens, mas uma mulher recatada precisa saber cozinhar e cuidar da casa.
> Não ouça tudo que os rapazes te falarem nos bailes; muitas moças se deixaram levar por suas belas palavras, e depois... se arrependeram.
> Seu noivo é dotado de todas as qualidades para fazer uma moça feliz, e dependerá de você corresponder ao seu amor fiel.
> Faltam-lhe experiência e conhecimentos de vida prática por ser muito jovem, sem os quais não há felicidade numa vida dedicada

ao lar; mas estou certo de que o amor honesto, que você nutre pelo homem de sua escolha, a motivará a exercer a ordem, economia, e as tarefas domésticas da melhor maneira possível. Isto faz com que qualquer homem aprecie sua esposa, em qualquer ocasião. Num casamento, querida filha, há dias de sol e dias tempestuosos, mas estes últimos passam tão mais rapidamente quanto mais a esposa se mostrar razoável e de bom caráter.

Ludwig Hermann Bruhns

Segundo essa visão machista exposta na carta de Ludwig, pode-se observar como toda a responsabilidade do sucesso de um casamento recaía sobre a mulher. É também curiosa a indiferença de Ludwig em sondar os complicados relacionamentos familiares dos Mann, para quem iria entregar sua filha Julia. Aparentemente, bastava-lhe saber que eram donos de uma firma de grande prestígio comercial, inclusive com contatos no Brasil.

Chateada com a carta do pai, tão destituída de carinho, sentiu-se desnorteada.

Impulsivamente, correu ao pensionato para comunicar a Thérèse que seu destino seria se casar logo. Esta, que conhecia bem as famílias tradicionais da cidade, sabiamente lhe aconselhou conversar com seu futuro noivo e familiares, a fim de conhecê-los um pouco melhor. Julia gostou da ideia, Thomas J. H. concordou, e combinaram que a conversa poderia ocorrer quando estivessem reunidos na casa de Elisabeth Mann, futura sogra de Julia.

A família Mann

Durante toda a semana, Julia, ansiosa, preocupou-se se gostariam dela, principalmente a sogra. Não tinha prática desses assuntos, mas sabia que a figura da sogra sempre impunha certa tremedeira nas futuras noras. Agora sentia a insegurança na própria pele.

Com medo de parecer descontraída demais, escolheu o vestido azul-marinho, o mais conservador de todos. Queria colocar uns complementos vermelhos para dar um pouco de vida a seu traje, mas Thomas lhe havia sugerido:

— Poucas bijuterias, por favor.

Ao perguntar-lhe se ele se dava com seus irmãos, seu futuro noivo, sem muitos rodeios, havia lhe avisado que encontraria certa discórdia entre eles, sem lhe esclarecer o porquê.

Habituada ao calor das relações familiares do mundo latino, já no hall de entrada Julia sentiu a frieza com a qual os irmãos a cumprimentaram. Esta lhe serviu de indicador de que, neste lar, os raios de alegria deveriam ser tão raros como os de sol. Sentiu-se um pouco temerosa.

Passando pela sala de jantar, observou que poucos objetos adornavam os móveis pesados, e não havia harmonia entre os menores, de canto, e os maiores, como o grande bufê central. Além do estilo frio e conservador, Julia teve a sensação de estar adentrando uma moradia triste e melancólica.

De fato, foi recebida com cordialidade, mas poucos sorrisos.

Após o café tradicional de domingo à tarde, no qual um dos enteados discutiu com o outro, Thomas J. H. a convidou para conversarem, como ela havia pedido. Numa saleta com pouca luz, e sem manter contato com os lindos olhos pretos de sua futura noiva, como ela teria gostado, Thomas lhe contou sobre seu passado.

Seu pai, J. Siegmund Mann, perdeu a primeira esposa, Emilie Wunderlich, seu grande amor, quando ela tinha apenas 27 anos. Arrasado e preocupado com o destino de seus dois filhos pequenos, procurou uma segunda esposa na pessoa de Elisabeth Marty, filha de um rico comerciante e cônsul. O fato de ser catorze anos mais velho que ela, e de não ter muita saúde, deixou a senhora Marty pouco entusiasmada. Talvez pressionada, acabou aceitando, mas a união já nasceu num clima negativo, também porque os dois enteados não gostavam da nova madrasta.

Diferentemente de Julia, Thomas J. H. veio ao mundo num lar pouco harmonioso e, como ela, presenciou a morte de um irmão de poucos dias de vida. Seu pai sentia muita falta da primeira esposa e não se dava com um dos filhos de seu primeiro casamento. Sua irmã mais velha, também de nome Elisabeth, não se dava com a própria mãe, Elisabeth Marty, a tal ponto que ficou feliz quando pôde trocar seu lar pelo pensionato. A atmosfera da casa era tão tensa que acredita-se que Thomas J. H. também tenha tentado se afastar dos compromissos familiares.

Inscreveu-se num curso profissionalizante no exterior, mas não pôde terminar os estudos como almejava, porque aos quinze anos, contra sua vontade, já era aprendiz na firma do pai.

Julia e Thomas J. H. perceberam que havia certos pontos em comum em seu passado, mas um olhar mais atento teria observado que eram quase todos situações de tristeza ou conflito. O sofrimento na infância foi certamente um deles. O motivo de solidão de Thomas J. H. foi diferente daquele de Julia, mas o resultado foi o mesmo: em ambos os casos as crianças não cresceram alegres e frequentemente foram deixadas com parentes.

Apesar de tantos conflitos, Thomas J. H. contou-lhe que ele e a irmã Elisabeth se davam bem e tinham algumas lembranças de dias felizes, ligadas aos avós Wunderlich, pais da falecida Emilie, e aos avós Marty, pais de sua mãe, Elisabeth Marty.

O estreito contato com os sogros Wunderlich, que J. Siegmund Mann fez questão de manter, mesmo após a morte de sua adorada Emilie, proporcionou aos filhos Thomas J. H. e Elisabeth lindas festas de Natal na ampla propriedade deles em Travemunde. Afinal, este sr. Thomas G. Wunderlich era nada menos que secretário de Estado e prefeito de Lübeck.

Também das férias de verão, na residência bastante luxuosa dos avós Marty, provavelmente também em Travemunde, Thomas J. H. guardara boas memórias de travessuras e brincadeiras compartilhadas com sua irmã Elisabeth.

Mais tarde, teve a oportunidade de aprender a profissão de caixeiro viajante durante quatro anos em firmas comerciais parceiras, chegando a viver um tempo em Amsterdã. Tudo se complicou quando seu pai J. Siegmund o nomeou herdeiro e futuro administrador da firma familiar, quando, na verdade, a tradição secular da região estabelecia que o herdeiro da firma era sempre o primogênito, ou seja, o primeiro dos seus dois filhos do casamento com Emilie Wunderlich.

Ao romper com esse princípio secular, seu pai não só abriu uma grave rixa em família, como também comprou uma briga entre irmãos que se arrastaria até a morte de Thomas J. H. Havendo discórdia e inveja reinantes entre os irmãos, a entrada de Julia nessa família foi vista com certa reticência, pois o equilíbrio de forças já era muito pouco estável.

Oriunda de uma cultura em que, via de regra, as relações familiares eram pautadas por muito calor humano, Julia teria ainda menor chance de se entrosar nas já conturbadas relações existentes. O destino tampouco ajudou. Quando J. Siegmund morreu subitamente, o herdeiro Thomas J. H. foi obrigado a voltar às pressas a Lübeck e, com apenas 23 anos, tornar-se o administrador da empresa familiar, fato que o obrigou a sustentar a mãe, os irmãos, as irmãs até se casarem e os dois enteados também. Deserdados e furiosos, estes dois iriam lhe infernizar a vida até o fim de seus dias.

Mas nem só os irmãos iriam lhe infernizar a vida.

Robusta e baixinha, casta e devota, a prima Adelaide* tinha grandes esperanças de tornar-se a senhora Thomas J. H. Mann. Além disso, entre a mãe dela e a de Thomas J. H. havia um pequeno complô. Estava quase "tudo combinado". Só não tinham consultado o próprio Thomas, o qual, na realidade, jamais havia pensado em desposar sua prima Adelaide.

* N.A.: personagem fictícia.

Naquela despedida de solteiro, quando Julia aparecera na soleira da porta com seu singelo vestido rosa pálido e brincos reluzentes de quartzo rosa do Brasil, Adelaide gelou.

Deveras atraente, aquela moça era um encanto, um verdadeiro perigo, pensou Adelaide, preocupada. Logo, teve um pressentimento, aquela intuição feminina que não costuma falhar: essa linda jovem era sua rival.

Indignada, e como boa cidadã germânica, prendeu a respiração e contou até dez. Engolida sua raiva, decidiu esperar o momento oportuno para se vingar.

Com menos de dezessete anos, Julia ainda não podia perceber o grau de complexidade da família na qual estava prestes a entrar. Tampouco podia imaginar que, ao associar-se à família Mann, (isto é, à Empresa Johann Siegmund Mann) a pessoa perdia sua identidade própria para tornar-se membro da unidade firma-família.

E aí estava a raiz de um de seus futuros conflitos com a família Mann, posto que Julia não tinha intenção alguma de abdicar de sua identidade brasileira. Habituada a emitir suas opiniões, mesmo quando não solicitadas, ainda não tinha desenvolvido o autocontrole desejado numa mulher recatada de seu futuro ambiente.

Praticamente uma adolescente, Julia ainda lutava para se afirmar como mulher, numa época em que a personalidade da mulher contava muito pouco. Delineava-se aí um segundo conflito, este existencial.

De uma coisa estava segura: sair da tutela de seus tios Éduard e Emma representava a maior conquista imaginável. Casar-se também significava ter sua própria casa, além de um parceiro para acompanhá-la ao teatro, ao concerto e à vida noturna. Certamente queria também constituir uma família, da solidão já provara o suficiente. E, assim, sem ponderar muito, resolveu se casar.

Casamento de Julia Bruhns e Thomas J. Heinrich Mann

Junho era um dos meses mais bonitos do ano em Lübeck. A primavera estava por toda parte: nos jardins, nas árvores carregadas de cerejas, maçãs e groselha. Uma variedade incrível de tons vermelhos.

Nas praças verdejantes, as pessoas passeavam buscando os bancos ensolarados. Jovens, adultos e crianças de bicicleta circulavam pelas alamedas floridas.

Era o dia 4 de junho de 1869. Os tijolos expostos da Marienkirche (catedral de Lübeck), seu interior enfeitado com rosas brancas, a igreja resplandecia na sua majestade gótica. O sol brilhava nas torres pontiagudas. A elite da cidade se aproximava para assistir ao casamento de um de seus filhos mais ilustres, Thomas Johann Heinrich Mann. O perfume das flores de açafrão, azuis, brancas e lilases emanava do jardim que circundava a catedral.

No famoso órgão, onde Johann Sebastian Bach* havia tocado um século e meio antes, ecoavam as notas da marcha nupcial. O ele-

* Johann Sebastian Bach: o talentoso músico, Johann S. Bach, havia tocado este órgão pouco mais de um século atrás. Contava apenas vinte anos, e tal havia sido sua aclamação, que fora convidado para se tornar o organista chefe, quando o titular se aposentasse. Bach se entusiasmou pela ideia, mas uma norma antiga exigia que o novo organista desposasse a filha do seu predecessor. O jovem Johann pede, então, para conhecê-la. Contam que após a apresentação da filha, que tinha já trinta anos, Johann pensou bem, agradeceu e respondeu que preferia voltar à sua cidade.

gante público levantou-se para receber a jovem noiva, Julia da Silva Bruhns, acompanhada por seu pai, Johann Ludwig Hermann Bruhns, recém-chegado do Brasil.

Estava radiante. Sua filha entrava numa das famílias mais abastadas da região. O pai do noivo, falecido, havia ocupado cargos importantes no mundo comercial, com ligações que se estendiam à Holanda e ao Brasil. Só esse fato justificava sua viagem d'além-mar.

O olhar vivaz da noiva, somado à sua notável presença feminina, imprimiram uma nota singular ao enlace. O vestido com o corpete de renda branca caía-lhe muito bem. Alice, a filhinha da cunhada Elisabeth, segurava a longa cauda bordada, e, com apenas dois anos, seu caminhar compenetrado suscitava mais que um sorriso entre as mães presentes.

Esguia e elegante, Julia deslizava pela nave central da imponente Marienkirche como uma jovem rainha no dia de sua coroação. E de certa forma era a coroação da sua liberdade, pensava ela, feliz por estar finalmente saindo da tutela dos tios. Vitoriosa por não ter ficado solteirona, ainda pensava em Paul, seu primeiro amor, e em sua adorada mãe. Quem sabe naquele momento velasse por ela, onde quer que estivesse.

Um pouco apreensiva, Elisabeth Marty, mãe do noivo, em seu vestido lilás, ricamente bordado, perguntava-se se essa moça, com um passado tão diferente, conseguiria se encaixar no papel de esposa de seu querido filho Thomas, bem preparado e capaz para exercer um cargo importante na sociedade.

Preocupava-se porque seu filho precisaria de um esteio para ajudá-lo a enfrentar as situações complicadas de seus muitos cargos políticos, além da firma para comandar... Sim, a nora era bonita, até demais, mas parecia um tipo artístico, meio sonhadora, pouco inclinada a desempenhar o papel predestinado à esposa de um político local.

Além do mais, havia observado que Julia era imprevisível, defeito imperdoável numa mulher que deveria ser sempre obediente e submissa.

E o noivo? Impecável, em seu traje a rigor de flanela inglesa cinza e casaca preta, no figurino tradicional masculino, lá estava o aristocrata, no altar, com a cartola preta e seu bigode retorcido, esperando sua noiva, talvez imaginando quantos filhos ela lhe daria.

Paulo, o irmão caçula de Julia, contava dezessete anos. Havia terminado o liceu e se preparava para regressar ao Brasil, tal como seus irmãos Manoel Pedro e Luiz antes dele. Foi o único irmão presente, já que Mana, grávida de seu terceiro filho, não pôde viajar até Lübeck. Foi a última vez que Julia viu seu irmão caçula.

Da parte da família de Thomas, estavam todos os irmãos e a irmã Elisabeth. Olga já estava morando em São Petersburgo, sede de uma filial da firma familiar.

Após a elegante cerimônia, os tios Éduard e Emma recepcionaram os noivos e toda a família em sua imponente residência no Paradeplatz.

Aparentemente, tinha sido um dia muito feliz. Quase toda a família Mann havia manifestado seu prazer ao acolher a jovem noiva cheia de vida e carisma. Mas há sempre alguma invejosa que sofre com o sucesso alheio.

Bem baixinho, Adelaide perguntou a outra prima solteirona:

— Por que a estrangeira conseguiu agarrar o melhor partido da cidade?

— Também, com toda sua exuberância — respondeu-lhe a outra.

— Sabe-se lá se não cedeu para triunfar? — insinuou Adelaide, enquanto sua mãe lhe fazia sinal para calar a boca.

Esse foi só o começo.

Início da vida de casados

Após o casamento, o jovem casal instalou-se temporariamente no nº 54 da Breite Strasse, na parte superior do escritório da firma. Para Julia, era como um palacete. Desde que chegara a Lübeck, havia onze anos, era a primeira vez que tinha seu próprio espaço. Não precisava mais suportar a presença de parentes ou colegas pelo corredor. Estava contente. Finalmente havia conquistado sua privacidade.

Por sorte, teve um ano inteiro para ir ao teatro, ao concerto e aos programas noturnos com seu jovem e ilustre esposo. Pela primeira vez, começou a sentir-se mais próxima à sociedade local. Quando encontrava Thérèse, Julia, toda elegante, sorria triunfante. Ela também sentia-se satisfeita; pois nunca deixara de amar a menina.

Numa linda noite de verão, após um concerto, quando Julia estava especialmente esplendorosa, em elegante traje com belo decote, sobre o qual havia colocado um colar original de quartzo rosa e os brincos combinando, seu semblante se iluminou. Era o prefeito Wunderlich e sua esposa que haviam parado, especialmente, para cumprimentá-la. Formava um belo par com seu elegante marido, apesar de ser um pouco mais alta que ele.

Após cumprimentá-los, o prefeito os convidou para jantar ao ar livre. Julia pôde distinguir várias faces às quais tinha sido apresentada havia pouco tempo. Rejubilou-se quando sentiu que vários conhecidos queriam cumprimentar a bela mulher brasileira.

De volta à rotina doméstica, de manhã Julia gostava de sentar-se ao piano, onde interpretava obras dos grandes compositores que amava. A música de Beethoven a entretinha por horas a fio porque a genialidade de suas árias era infinita. Para ela, o resultado brilhante da capacidade do mestre de compor para toda uma orquestra lhe transmitia a maravilha, que ela considerava a perfeição musical.

Se Beethoven a empolgava com sua maestria insuperável, Chopin a transportava a outro mundo, aquele da sua infância talvez, onde a beleza, a alegria e o amor de sua mãe lhe haviam permitido viver na mais perfeita harmonia. Quando tocava um noturno ou sonata de Chopin, identificava-se com a emoção contida nela e sentia que a música era uma linguagem universal da comunicação humana.

Elisabeth, irmã de Thomas, simpatizara com Julia e admirava sua vivacidade. As duas se encontravam às vezes à tarde para um café numa confeitaria, tinham muito a conversar, pois ambas haviam frequentado o pensionato de Thérèse. Essa afinidade as ligou desde o início, apesar de não terem sido colegas de classe.

Delícias de marzipã

EM JUNHO, NA DATA DO ANIVERSÁRIO DE CASAMENTO DE JULIA com seu irmão Thomas, resolveu convidá-la para o *Kaffee trinken* (chá das quatro) justamente na Confeitaria Niederegger, aquela das célebres tortas de marzipã.

Soprava uma brisa gostosa e as duas pararam na ponte para olhar a vista do porto e seus antigos armazéns enfileirados ao sol.

Apontando para um deles, Julia perguntou:

— O que estocam aí?

— Toneladas de amêndoas — respondeu Elisabeth.

— Pra que tantas? — quis saber Julia.

— Para fabricar marzipã — retrucou Elisabeth.

— Não sei se você sabe, mas há quatro séculos houve uma grande fome aqui porque não havia trigo para fazer pão. Corria voz que os armazéns estavam abarrotados de amêndoas e açúcar. Os padeiros não perderam tempo. Moeram as amêndoas para obter a farinha e misturaram com o açúcar para adoçá-la. A massa saiu tão boa que, mais ou menos cem anos mais tarde, houve um registro do doce que ficou conhecido como *martzapaen*.

— Minha avó Marie Louise sorteava uma rifa com esse doce, e a gente adorou desde o primeiro dia que ela nos ofereceu. Boa alma aquela — disse Julia entristecida, ao lembrar da querida avó. Recompondo-se, perguntou:

— Essa confeitaria aonde vamos hoje, foi a primeira loja de marzipã da cidade?

— Não foi a primeira, mas desde que Johann Niederegger abriu sua primeira loja, em 1806, não parou mais. Hoje, há também o irresistível sorvete de marzipã que você vai amar.

Chegando na confeitaria, Julia percebeu que sua cunhada não havia exagerado. Enquanto olhava as vitrines repletas de diferentes tabletes de marzipã, cada sabor numa outra cor de papel laminado, a cunhada aproveitou para fazer uma surpresa.

Quando o garçom chegou com as duas taças de sorvete de marzipã, coberto com calda de chocolate fumegante numa brilhante bandeja cor de prata, os grandes olhos brilhantes de Julia se arregalaram.

— Que delícia! — exclamou, ao provar a iguaria. — Todo esse marzipã é para consumo local? — perguntou.

— Exportamos para o mundo inteiro — disse o garçom educadamente. — Além destes que estão na vitrine, há também os tabletes cobertos de chocolate ao leite ou amargo, com sabores como pistache, laranja, limão e hortelã, além daqueles recheados com nossos célebres licores.

Julia sorriu, satisfeita com a explicação.

Enquanto saboreavam o sorvete original, Julia aproveitou para perguntar à cunhada alguns fatos sobre os irmãos do marido.

— Por que os enteados Friedel e seu irmão têm tanta raiva de meu marido?

— O motivo principal é porque meu pai nomeou seu marido, Thomas J. H., herdeiro e futuro administrador da nossa firma, quebrando um princípio secular de que esse cargo deveria ser do primeiro filho, ou seja, de Friedel. Com o tempo, surgiram vários outros motivos, sempre relacionados às finanças.

— Sinto um clima pouco harmonioso quando vou lá, e sempre me perguntava se isso era devido à minha entrada na família.

— Não, querida, a culpa não é sua, mas eles aproveitaram o fato para se sentirem ainda mais fracos em relação a seu marido e você, que certamente um dia constituirão a própria família.

— Obrigada, Elisabeth, sempre quis entender essa história, mas não queria perguntar ao meu marido.

E voltando à história do marzipã que também a intrigava, perguntou:

— Além de Lübeck, existe marzipã em outros lugares?

— Sim, vários. Imagine que na Sicília já se falava de um *panis martius ou marzapane* há vários séculos; e na Espanha, antes ainda, havia uma sobremesa de amêndoas chamada de *postre regio*, ou sobremesa real, porque no início só era servida para a realeza.

Uma linda tarde chegava ao fim. Julia, muito satisfeita por ter conversado com alguém que sabia das coisas, e sua cunhada também por sentir que Julia era animada e se interessava pela família e o histórico da cidade.

A chegada do verão

Nos países onde o inverno era muito rigoroso e, portanto, o verão era curto, para aproveitá-lo melhor, todas as famílias que tinham casa na praia transferiam-se para lá com as crianças, os avós, até primos e tios às vezes, e naturalmente a criadagem.

Em Lübeck não era diferente. A praia era a de Travemunde, onde Julia havia estado com Thérèse, quando menina.

Mas sua realidade agora era outra. Casada, pertencia a uma família abastada e frequentava a estação balneária numa das elegantes casas à beira do rio Trave, onde podia aproveitar sua recém-conquistada liberdade para caminhar na areia, ler e conversar despreocupadamente.

No verão seguinte, com a família Mann reunida na praia, Julia sentiu uma ligeira indisposição, náusea e fraqueza. A sogra e a cunhada, sorridentes, ambas de nome Elisabeth, foram as primeiras a congratular-se com ela.

Mas era de sua mãe que Julia precisava nesse momento tão delicado. Sentia-se muito só e até apavorada com a chegada de uma criança que tomaria todo seu tempo, impedindo-a de dedicar-se ao piano, como amava fazer. E sair à noite? Nem pensar nos primeiros meses.

Esse sentimento negativo tentava não revelar à família, mas não podia ocultá-lo de si mesma. Algumas mulheres da família perceberam e começaram a criticá-la, dizendo que não era boa esposa, pois não queria o filho do marido, tornando a situação de Julia ainda mais penosa.

Se para qualquer jovem esposa a primeira gravidez é sempre uma fase de desconforto, além de embaraçosa, mesmo quando amparada por familiares e amigas, para uma estrangeira, órfã, sem família alguma por perto, a situação foi angustiante. Mesmo já habituada à frieza das relações humanas locais, Julia chorava frequentemente, escondida em seu quarto. Sentia-se desolada, o que, naturalmente, não fazia bem ao filho que esperava.

No fim do verão, quando voltaram à cidade, Julia, um pouco indisposta, teria gostado de ficar um pouco mais na cama de manhã, mas a falta de liberdade que sofreu no pensionato agora seria substituída pelo autoritarismo do marido:

— Julia, para o bom andamento da casa, a mulher precisa levantar cedo — dizia ele.

Com a proximidade do inverno, seriam necessários trajes próprios à maternidade, que Julia abominava por acentuarem seu ventre, agora já volumoso. Elisabeth a acompanhou amigavelmente, mas, na festa de Natal, Julia entrou em depressão, sentindo-se muito só e atemorizada pelo que a aguardava.

Thérèse, que tantas vezes a consolara em situações difíceis, desta vez não poderia ser de nenhuma ajuda.

E tia Emma? Julia sentia vergonha de trocar ideias com ela sobre esse assunto. Mana, já com três crianças, não tinha condições de vir visitá-la.

O socorro emocional veio da tia Elisabeth, também grávida.

Heinrich, o primogênito

COMO A VIDA SEGUE SEU CURSO, NUM DIA ENSOLARADO, mas gélido, de fins de março, Julia, um pouco deprimida, deu à luz seu primogênito que foi batizado de Heinrich Luiz Mann. O nome Luiz, em português, foi dado em homenagem ao avô paterno, Johann Ludwig Hermann, que no Brasil adotara o nome de João Luiz Germano.

Para não perder a oportunidade de estar em Lübeck, na casa do irmão Éduard e da cunhada Emma, este se apressou do Brasil para chegar a tempo de ser padrinho de batismo. Outros padrinhos foram a avó Elisabeth, sogra de Julia, e o tio Friedel, irmão de Thomas J. Heinrich.

Heinrich Luiz Mann veio ao mundo loirinho, assemelhando-se ao lado da família Bruhns, o que deixou Julia bastante aborrecida, pois seu padrão de beleza era ditado pelos olhos e cabelos lisos e morenos de seus irmãos brasileiros.

Destarte, sua relação com esse primeiro filho começou de forma negativa também porque, tendo o neném nascido no inverno, Julia sentia-se prisioneira duplamente. Não podia passear com ele ao ar livre devido ao frio intenso, tampouco dedicar-se à música, porque os intervalos que existem na vida da mãe de um recém-nascido são poucos e de curta duração.

Quando chegou a primavera, e toda a natureza desabrochou, Julia sentiu-se mais animada. Renascia com cada novo galho verde-claro que brotava. Com o pequeno Heinrich sorridente compartilhava suas emoções da primeira maternidade, já que não podia fazê-lo nem com sua mãe nem com a irmã distante.

Gostava de caminhar pelas ruas arborizadas até a Meng Strasse, depois pelo jardim da imponente catedral de St. Marien, onde havia se casado há poucos anos. Sorriu para si mesma ao relembrar aquela data tão importante, na qual se tornara Julia da Silva Bruhns Mann. Pensativa, olhou para o imenso campanário, onde percebeu ligeira movimentação, e iluminou-se. A sonoridade daqueles sinos a impressionava toda vez e a ajudava a sentir-se menos só, uma vez que as vibrações musicais lhe asseguravam que a música continuava existindo, mesmo que não pudesse se dedicar a ela no momento.

Lembranças paternas da infância

COMO PRIMOGÊNITO, HEINRICH PÔDE DESFRUTAR DA COMpanhia de seu pai sem a interferência dos irmãos que viriam mais tarde, o que lhe deixou lembranças muito positivas de um pai do qual lembraria como belo e jovem. Marcaram-no seu andar imponente e sua presença, que não passava despercebida.

Alegre ou bravo, o pai parecia estar sempre no auge da vida, elegante e charmoso, sempre usando tecidos ingleses macios. Lembrava-se de que conversava de modo animado e contagiante, naquela época, e todos se abriam com ele.

Jamais se esqueceria dos passeios que fizeram juntos pelos campos, quando alugavam uma charrete e partiam felizes para os vilarejos, onde os camponeses apareciam na soleira da porta e os recebiam com reverência. Afinal estavam diante do poderoso administrador de impostos de todo o Estado livre de Lübeck. Heinrich era criança nessa época, e o pai apresentava seu filho com orgulho, enquanto ainda acalentava esperanças de que o filho o substituiria um dia no comando da firma.

Heinrich se lembraria que o pai irradiava importância como rico comerciante e secretário (Estadual) da Fazenda de Lübeck e que, dependendo do grau de respeitabilidade da pessoa, o pai lhe ensinara a retribuir os cumprimentos, ou até mesmo antecipá-los.[6]

Mais tarde, quando Heinrich começou a demonstrar mais aptidão e interesse pelas letras, o pai percebeu com tristeza que não prestava mais atenção aos camponeses, esquecendo-se das visitas que tinham feito juntos.

Heinrich nos legou também inúmeros desenhos talentosos de sua infância.[7] Diversos incluem brincadeiras no jardim com sua mãe, onde havia sempre mais de um oficial em uniforme conversando animadamente com ela, que flertava um pouco, em razão de seu temperamento latino.

Longe de serem idílicas, essas cenas nas quais, segundo ele, sua mãe dividia as atenções que deveriam ter sido só dele, geraram uma grande sensação de insegurança, e a dúvida de que, talvez, ele não fosse muito importante para ela.[8]

Com toda probabilidade, esses oficiais eram escalados para proteger as famílias dos membros da Câmara Municipal. Mas segundo observações posteriores de Heinrich, eles gostavam tanto de ser escalados na Breite Strasse nº 36, que havia até uma fila de espera no quartel. Esse fato nunca foi comprovado, mas provocava risadas maldosas que só serviam para fomentar a pecha de "sedutora" que sua mãe indevidamente já tinha.

Sobre os galanteios que Julia recebia frequentemente, se tem escrito muitas páginas acusatórias. No entanto, pouco se tem tentado compreender o que procurava ela nos galanteios masculinos.

Sabemos que sempre sentira muita solidão como órfã, exilada numa terra tão distante quanto estranha. Em criança, podia-se definir essa solidão como falta de afeto materno e de amiguinhos da mesma origem.

Como adulta, mesmo casada e inserida numa família alemã, continuava buscando maneiras de abafar a ausência de almas que compartilhassem a sua maneira de sentir a vida.

Para Julia, o prazer de ser admirada não era apenas a afirmação de que era bonita. Era uma esperança de ser aceita, quem sabe até amada como pessoa.

Mas não foi assim que a interpretaram.

Para os padrões puritanos de Lübeck, foi julgada uma aventureira, pouco séria.

Cria-se um mito

ALÉM DE ATRAENTE, A PRESENÇA DE JULIA CATIVAVA TODOS que a viam passar na rua. Vaidosa, como cabia à mulher brasileira, destoava das moças castas de sua época. Seu olhar vivaz e sua sensualidade latina inata certamente despertavam desejo nos homens. Ademais, gozava daquela energia prazerosa que flui normalmente entre um homem e uma mulher em momentos velados. Essa energia sedutora desencadeava um processo oculto de cumplicidade, que valia pelo próprio jogo.

Na casa-grande, onde nasceu, jogavam esse jogo da sedução o tempo todo. Essa troca de sorrisos fazia parte da vida, e a criançada não era imune a essa realidade que perpassava pelos poros da sensibilidade latina.

Para Julia, retribuir esse delicioso olhar furtivo com um lindo sorriso era algo corriqueiro, sem malícia.

Se os homens jogavam esse jogo o tempo todo, por que ela não poderia fazê-lo também? – perguntava-se, já bem à frente dessa dupla mentalidade, típica do século XIX.

Mas para Lübeck esses olhares eram considerados não apenas indecorosos, eram vistos como uma provocação, uma incitação à volúpia, considerada pecado mortal. Mal-interpretada, sua feminilidade despertou tantos comentários negativos que, daí para a criação de um mito, foi só um passo numa sociedade conservadora, que confundia o significado de feminilidade e sensualidade com a falta de seriedade e o desejo de aventura.

Sendo atraente e feminina, concluíram que Julia deveria ser pouco séria, e boatos se espalharam pela cidade.

Era alvo de críticas e difamações contínuas que geraram-lhe dois grandes conflitos: o primeiro de identidade, e o segundo existencial e moral. Se já era difícil reconhecer-se alemã ou brasileira, como conviver com uma sociedade que a taxava de pouco séria?

Aí residia outra das fontes da grande angústia que a assolava.

Lembrança secreta de Heinrich

Transcrevemos este episódio para mostrar a dupla moralidade existente. Por um lado, criticava-se Julia por seus flertes inofensivos com os oficiais; e por outro, na casa dela e do marido, aceitavam-se com a maior naturalidade as cenas descritas a seguir como passatempo.

Na época de sua primeira infância (cerca de 1877, quando ele devia ter seis anos), Heinrich ficou tão impressionado com um baile de máscaras na casa de seus pais que guardou na memória, escreveu relatos e fez desenhos na velhice do que veio a ser conhecido como "quadros vivos".[9]

Marianne Krüll, em seu livro *Na rede dos magos*, fornece-nos uma descrição do que se passava nessas festas na casa do senador Thomas J. Heinrich, que se tornariam famosos acontecimentos sociais de Lübeck. Eis o relato de Heinrich, secretamente observado por ele:

"Finalmente consegui chegar até atrás da porta do salão; ombros nus suavemente envolvos pela luz."; "O rapaz atrás da porta esperava aflito para tentar ver ainda os 'quadros vivos'."

Tais divertimentos (incluindo o fantasiar-se) formavam a fachada dos desejos não realizados ou secretamente satisfeitos, que sobretudo as damas burguesas tentavam esconder sob o manto do decoro. Num ensaio sobre "sexo", Heinrich escreveu:

> Por volta de 1880, uma dama, cujas mãos não tinham o menor vestígio de trabalho,

recebeu visitas em seu boudoir, "toucador" — levemente na penumbra porque lá se ficava calado ou se dissimulava. Jamais se dizia o que isso realmente significava. A dama era uma prisioneira, e só podia sair sob a proteção do marido ou da mãe — quase sempre para visitar outras damas que se sentavam num boudoir semelhante, e onde também um presunçoso, provavelmente de uniforme, vangloriava-se. O cavalheiro passava por cima do essencial imperceptível e esvoaçante. A dama, via de regra, era uma rosa ansiosa, esplendorosamente desabrochada. Com toda a carne que mostravam na época e toda castidade que exigiam. Os seios ficavam quase sempre desnudos, mas apenas os seios.

Uma mulher de meia-idade tirava-os corajosamente do invólucro e assegurava ao admirador: eles continuam lindos. Em seguida, o flerte prosseguia como antes. Se ele jamais chegasse à sua conclusão natural, mal se comentava, depois, sobre o assunto. Considerava-se o ocorrido inconveniente e embaraçoso.

A excitação residia em cultivar o florescimento de um harém de difícil acesso, pequeno, mas meu. Roupas de baixo complicadas aumentavam a excitação, mas a sensualidade da mulher era bem menos palpável. "Oh, só beijei o ombro dela!", dizia-se na opereta. Na vida real, bastava encantar-se ao ver no chão a metade de um pé aparecer por entre as pregas da saia.

As horas de visita das damas, "ao meio-dia por favor", pois comia-se mais tarde. Não passava talvez de um contínuo desafio sexual, ou mais suavemente, de uma ilusão. Aos consentimentos aparentes seguia-se o recato convencional. A ação culminava nos "quadros vivos" à maneira dos passatempos aceitos pela sociedade.

Outro aspecto notável dessa descrição de Heinrich quando criança, é que ela nos fornece o grau de importância que a sexualidade já despertava no menino.

Reviravolta

Por ocasião do batizado de Heinrich, Ludwig Bruhns havia se hospedado na casa de tia Emma e tio Éduard, seu irmão mais jovem, o qual já sofria seriamente dos pulmões. Sua morte prematura, aos trinta e nove anos, deixou tia Emma viúva com quatro filhos, o caçula com pouco mais de um ano.

Mulher esperta, prática, esta sim aventureira, começou a alinhavar os pontos para conseguir um novo marido.

Talvez ansioso por uma esposa com os mesmos costumes germânicos, para lhe fazer companhia no longínquo Brasil onde residia, Ludwig aproveitou a viuvez da cunhada Emma, dezenove anos mais nova, propôs-lhe casamento, o qual foi imediatamente aceito. Tia Emma vendeu sua linda casa no Paradeplatz e começou os preparativos para ir morar no Brasil, justamente o sonho que Julia acalentava havia anos.

Frio e calculista, Ludwig não pretendia desembarcar no Rio de Janeiro com os quatro filhos de seu irmão falecido. Lembrou-se do pensionato de Thérèse onde havia abandonado suas duas filhas, Julia e Mana, quinze anos antes, e resolveu deixar aí também as três filhas maiores de sua segunda esposa, Emma.

Como o neném ainda mamava, Ludwig, "magnânimo", permitiu que viesse ao Brasil com eles.

Apesar do abalo, as três filhas de Emma não precisaram se deslocar geograficamente, nem assimilar outra cultura. Compreendiam que essa opção era passageira e que, terminadas as aventuras extravagantes de sua mãe e seu novo pai, eles voltariam para a Alemanha, e a família seria reunificada, como de fato ocorreu.

O destino foi bem mais cruel com Julia e Mana: sua mãe havia partido para sempre em Paraty, e, ao transferi-las a um paradeiro longínquo como Lübeck, Ludwig as obrigou a aceitar um exílio sem volta.

Curioso observar a frieza com que ele se livrou de seus próprios cinco filhos antes, e agora das três filhas de Emma, quase como se fossem *personas non gratas*. Tampouco se preocupou com os sentimentos de Julia e Mana sobre sua decisão de se casar novamente.

Quando Julia ficou sabendo dessa nova aventura de seu pai, ficou arrasada. Desde a morte de sua mãe, não sofria tal desgosto. Mas a morte de Maria Senhorinha havia sido um desígnio divino, enquanto esse era um capricho de seu pai aventureiro.

Como pôde tomar tal decisão maluca e precipitada?, perguntou-se Julia.

Novamente Julia sucumbiu às lágrimas e à melancolia, pois, aos seus olhos, Ludwig traía o amor que tinha sido só de sua mãe.

Durante anos Julia sonhara acompanhar o pai ao Brasil (pois mulheres não podiam viajar sozinhas nessa época). Em vez disso, teve de tomar conhecimento das belas roupas de montaria que seu pai ofereceu à tia Emma, para a vida nova que a aguardava no Brasil.

De início, teve uma crise de ciúmes de um "espaço roubado" que, talvez no mais oculto canto do seu inconsciente, sonhava ser seu.

Depois sentiu muita raiva da tia que, antes uma espécie de segunda mãe, agora era esposa de seu pai. Nunca referiu-se a ela como tal e jamais os perdoou. Tampouco compareceu à despedida deles como fez o resto da família.

Antes tão vistosa, começando a sentir-se segura de si, caiu em depressão, da qual só conseguiria sair por ocasião dos preparativos necessários à mudança para a nova casa. Quando Heinrich começou a brincar num jardim de infância, e um segundo neném estava a caminho, seus pais se mudaram para uma casa maior, na mesma Breite Strasse, agora de nº 38.

Nascimento de Paul Thomas Mann

Em 6 de junho de 1875, quando pinceladas de alaranjado dos gerânios e o lilás e branco das flores de açafrão já enfeitavam as praças, o sol aquecia os bancos de jardim e pedestres alegres passeavam despreocupadamente, eis que apareceu o segundo rebento na nova casa de Julia e seu marido.

O menino recebeu o nome de Paul Thomas Mann e já nasceu com a estrela da sorte, pois era moreno como Julia sonhava e parecido com seu irmão Manoel, o jovem que havia encantado as amigas dela no pensionato aos quinze anos.

Escolheu o nome Paul para guardar a memória de seu irmão caçula, ou porque sentia saudades de seu primeiro amor? Quem saberá?

Tommy, como passou a ser chamado o irmão menor de Heinrich, teve uma mãe mais conformada com a maternidade e mais segura como mulher e pessoa. Menos revoltada, pôde apreciar a chegada do segundo filho com o amor que não sentiu quando nasceu Heinrich.

Para este, já pouco valorizado frente aos oficiais no jardim de sua casa, perceber que essa mãe se mostrava amorosa com o novo neném iria diminuí-lo ainda mais perante si mesmo.

E suas dificuldades não pararam por aí. Heinrich havia ganhado um pequeno violino envernizado, cor marrom-avermelhada com quatro cordas. Tão feliz ficava quando ouvia os sons que as cordas emitiam, que cuidadosamente guardava-o em sua escrivaninha, para garantir que ninguém encostaria os dedos naquelas cordas mágicas na sua ausência. E assim, partia tranquilo para a escola.

Mas Tommy, perspicaz desde muito cedo, havia observado que a escrivaninha não ficava trancada. Postava-se então diante dela, e com voz lamuriosa choramingava até a mãe entender que ele queria brincar com o violino do irmão. Para que ficasse quieto, Julia entregava o violino ao chorão, sem refletir sobre as consequências de seu ato.

Um dia, quando Heinrich voltou da escola e se deu conta de que uma das cordas estava solta, sentiu uma raiva profunda, pois deduziu que alguém devia entregar seu tesouro ao caçula. Zangado, bateu o pé no chão a cada passo, até chegar à sua mãe para lhe cobrar explicações. Para seu desgosto, Julia não quis saber de nada, e ao lhe fazer uma cara feia, passou a mensagem de que era ele o culpado.

De início, revoltara-se contra Tommy, mas o desinteresse de sua mãe resultou numa revolta contra ambos.

Alguns dias depois, Heinrich encontrou o violino partido em três pedaços. Desolado, sua mágoa foi tão grande que não conseguiu conter as lágrimas. Soluçava inconformado. Não perdera apenas seu brinquedo predileto, fora superado pelo concorrente mais jovem, portanto, humilhado e ferido no âmago do seu ser. Era sua alma que sofria, ao sentir que a mãe não o apoiava.

Para quebrar o impasse, Julia lhe disse:

— Está vendo? Se era só seu ou dos dois, tanto faz, agora está quebrado mesmo.

Perplexo, Heinrich foi obrigado a inferir muito cedo que não podia mais confiar em sua mãe, pois não era imparcial. Pior ainda, favorecia o menor.

Episódios como esse fomentaram o surgimento de pequenas sementes de raiva latente contra Tommy, que Heinrich carregaria consigo pelo resto da vida. Também seu comportamento mais resignado podia ter um vestígio nas relações difíceis com sua mãe desde a infância.

Golpe do destino

No ano em que Tommy nasceu, o destino reservou um duro golpe financeiro à família Mann. Em poucos dias, Thomas (pai) perdeu mais da metade de sua fortuna e a firma sofreu um grande prejuízo.

De início atribuído a uma colheita de cereais arrasada por uma chuva de granizo, parece que houve também um caso de especulação no qual o cônsul e o amante de sua esposa levaram todos à ruína. Nas firmas familiares de outrora, era comum o capital da empresa fazer parte de suas heranças, ainda não desvinculadas dos herdeiros. Frequentemente ocorria entre amantes usufruir dessas somas sem preocupar-se muito em recompô-las. Naturalmente essa falta de escrúpulos levou mais de uma família à perda de sua fortuna.

Como já mencionado, a família Mann era ligada ao cônsul (Wunderlich) através do casamento do velho patriarca Johann Siegmund Mann Junior com Emilie, a filha deste. É provável que uma parte dos amplos recursos financeiros da família Wunderlich tivesse sido investida na firma familiar dos Mann, ora administrada por Thomas (pai). No caso de uma má aplicação desses recursos, ou, pior ainda, de um desvio por indivíduos desonestos, a repercussão sobre a firma seria um desastre.

Thomas (pai), que já era um dos catorze senadores vitalícios da cidade, em breve seria designado membro de diversas comissões municipais, além de tornar-se secretário de Estado, posição que o elevaria ao segundo em comando depois do prefeito.

Não havia tempo hábil para dedicar-se à vida pública e à sua firma ao mesmo tempo, e muito menos à família, problema que, aparentemente, já existia no século XIX.

O jovem pai alegre, que Heinrich conhecera, não era mais o mesmo, agora estava sempre estressado.

Quanto mais horas ele dedicasse aos problemas da cidade, menos horas haveriam de sobrar para sua empresa, a qual necessitava de sólido planejamento financeiro para repor o capital esbanjado por familiares irresponsáveis.

O estresse começou a aumentar na proporção inversa à dos lucros obtidos pela firma. E enquanto o irmão Friedel roubava da própria empresa, e as intrigas entre os demais familiares se multiplicavam, agravava-se a saúde de Thomas (pai).

Descobriu-se que um cunhado também tirava dinheiro da firma, e o segundo cunhado, marido da tia Elisabeth, foi à falência, reconduzindo a irmã Elisabeth não só a novo divórcio, como também a voltar à casa da mãe, onde caberia ao irmão Thomas (pai) sustentá-la.

Num mundo em que a honra da família era sagrada, essa situação cobraria um alto preço da saúde de Thomas (pai), que já manifestava graves sinais de debilitação.

A família aparentemente se preocupava, mas ninguém de fato fazia algo para poupá-lo. Agora com dois meninos pequenos, além de prestar apoio tanto ao marido quanto à sogra que se preocupava com a saúde do seu queridinho, Thomas J. H., Julia continuava esforçando-se para ficar próxima da família Mann.

Julia e a educação artística de seus filhos

Carente de contatos com sua família de origem, duramente criticada por parentes maledicentes, e sendo o marido sempre tomado por obrigações políticas, Julia começou a sentir um distanciamento crescente dos laços familiares locais, ao perceber que ela e os filhos estavam relegados a um segundo plano.

Preocupada, resolveu tomar a educação artística deles em suas mãos, demonstrando claramente o compromisso que sentia perante eles. Heinrich tinha oito anos; Tommy, quatro; e a caçulinha Lula, dois.

Segundo um amigo de infância de Heinrich, Ludwig Ewers, Julia possuía uma voz como a de sinos tocando, o que lhe permitiu abrir um mundo de beleza que as crianças não conheciam até então. Com as *Dichterliebe* (poemas de amor de Heinrich Heine musicados por Schumann), Julia as transportava para o mundo maravilhoso dos sonhos e da magia, onde as crianças sorviam as notas embevecidas.

E mais, as crianças percebiam outros valores, distintos daqueles (burgueses) que os rodeavam. Também a paixão pela música fazia parte da latinidade de Julia. Cantora animada, compartilhava a música quase diariamente com suas crianças e os amiguinhos da escola, inebriando-os com sua tonalidade de voz melodiosa.[10]

Ao piano, lembrava-se da querida avó Marie Louise, a qual também tinha tido o dom de transportar as crianças para outro mundo — o da brincadeira, fazendo-as esquecer suas tristezas. Mas enquanto esta tocava alegres canções infantis, Julia introduziu seus filhos à música clássica, fazendo-os entrar em contato com a profundeza de suas próprias almas.

E não só a música. Contava-lhes fábulas que as encantavam, porque Julia fazia as crianças participarem do relato. Vivia o conto com elas, em vez de se preocupar com o menu do almoço.

Tommy se recordou da mãe lendo em voz alta:

> (...) ainda que nós... crianças, ficássemos entregues sobretudo à guarda de uma 'senhorita', o lar continuava suficientemente familiar, a ponto de estarmos sempre em contato com nossa mãe, ela dedicava para nós quase sempre as noites livres, lendo em voz alta contos de Fritz Reuter, Dickens, Tolstói, Goethe, Cervantes, e os contos de Grimm, fazendo com que a literatura come-

çasse a penetrar no íntimo de Heinrich e Tommy de forma amorosa, e com voz que tornava-se a ligação entre o amor e as letras.

Anos mais tarde, numa carta a Agnes E. Meyer, Thomas descreveu a natureza de sua mãe, revelando algo importante:

> A sua natureza sensual e pré-artística expressava-se na musicalidade, em sua maneira bem formada e graciosa de tocar piano, e em sua delicada arte de cantar, à qual devo meus bons conhecimentos da canção alemã... Mas dotada de intensa feminilidade, (...) o seu amor materno era intenso, embora regulado (...) Os mais distantes dela eram o filho mais velho (Heinrich) e Lula, a primeira filha. Creio que eu, o segundo, era mais próximo de seu coração.[11]
>
> Nosso relacionamento com a "mamãe" era bem mais particular e íntimo do que com o "papai", que era uma pessoa de respeito, absorta, temida e terrivelmente ocupada, mas em compensação, como educador, causava impressões mais fortes do que qualquer outro.
>
> Ele se divertia com Tommy a princípio, devido à sua riqueza de ideias esquisitas e de sua capacidade teatral, com a qual conseguia imitar pessoas e representar cenas. Diante da família, ele fazia representações elaboradas com marionetes, usadas

primeiro por Heinrich, e depois por ele com muita paixão.[12]

Julia possuía mais um trunfo: contava histórias de um país distante, exótico, chamado Brasil, onde havia cobras que se lançavam de árvores a oito metros do chão, pássaros maravilhosos cor de fogo, araras azuis e vermelhas, onde havia sol o ano todo, uma terra de gente feliz e de bem com a vida. Heinrich arregalava os olhos, encantado com seus relatos, e Tommy sorria maravilhado, fazendo das palavras de sua mãe um verdadeiro tesouro.

Ludwig, na corte de D. Pedro II

QUANDO JULIA FINALMENTE SE ESQUECEU DA MÁGOA QUE seu pai Ludwig lhe causara ao casar-se com tia Emma, ela tomou conhecimento de novas aventuras dele, desta vez em Piracicaba, no interior do estado de São Paulo.

Todos sabiam que Ludwig sempre fora muito bem relacionado. Tanto por seu próprio mérito nos negócios quanto no bom uso de seus parentes influentes no comércio marítimo.

Era fato consumado que havia se aproximado de prósperas famílias ligadas à indústria açucareira; sempre gostou de circular por ambientes abastados. Era bem-apessoado, alguns até insistiam numa semelhança com o imperador Dom Pedro II.

Quando essa notícia chegou aos ouvidos do imperador, que tinha planos inovadores, convidou-o a comparecer à corte em São Cristóvão.

Conhecedor da elegância e da riqueza artística das cortes europeias, parece que Ludwig ficou surpreso ao deparar-se com a modéstia que caracterizava a de São Cristóvão, mas nada deixou transparecer.[13]

A ideia de Dom Pedro era grandiosa: detonar as corredeiras do rio Piracicaba, a fim de torná-lo navegável até Lençóis. De início, Ludwig titubeou, pois não era engenheiro, e muito menos entendia de corredeiras. Mas quando o imperador lhe ofereceu o título de delegado imperial, Ludwig, ambicioso, resolveu aceitar o desafio. Partiu para a Suíça, onde fez contato com firmas de engenharia hidráulica de porte, expondo-lhes os planos do imperador.

Através de parceiros comerciais, Ludwig adquiriu em Hamburgo uma caixa de dinamite, a qual transportou tranquilamente em seu camarote, com sua segunda esposa, Emma, e o neném, que nada sabiam.

Depois firmou um acordo com cinco engenheiros suíços, que se tornaram seus sócios nessa empreitada, reservando para si o cargo de diretor executivo da firma.

De início, o rio Piracicaba apresentava vários desníveis que foram dinamitados, a fim de aplainar seu leito de Piracicaba até Lençóis. A extraordinária façanha levou três anos (1874-1877), após o que foi possível navegar o trecho com muito sucesso. Tanto assim que navios de pequeno porte foram construídos pelos sócios no Brasil, e outros foram encomendados na Suíça, ramificando o negócio para um novo setor. Parecia que haviam encontrado uma mina de ouro.

Parecia.

Entretanto, os lucros da empresa começaram a minguar. A insalubridade do rio Piracicaba cobrou sua parte, e Ludwig contraiu malária.

Homem de ação que sempre fora, demitiu-se da empresa, vendeu sua casa em Piracicaba, e com a esposa, o filho dela que haviam trazido consigo e mais duas filhas nascidas no Brasil, retornou à Europa, estabelecendo-se em Quinto, perto de Gênova, na Itália.

Julia tomou conhecimento dessas extraordinárias aventuras através de uma carta de Emma, sua madrasta. Para ela, no entanto, esse lado da família estava enterrado.

Julia Elisabeth Thérèse: a primeira filha mulher

Do seu pai, poderia até se esquecer; de sua mãe, jamais.

Julia sonhava criar com essa filha aquele vínculo afetivo maravilhoso que conhecera com sua própria mãe por tão breve tempo. Um dia antes de completar 26 anos, no verão de 1877, ela deu à luz sua primeira filha mulher, Julia Elisabeth Thérèse, depois apelidada de Lula, para distingui-la da mãe. A antiga mestra do pensionato sentiu-se muito honrada quando soube que Julia havia se lembrado dela.

Mas, diferentemente dos irmãos Heinrich e Tommy, que lhe sorriam desde cedo, Lula parecia não ter tido a disposição para ligar-se à mãe através do olhar, certamente não no berço.

Vendo a cunhada preocupada, tia Elisabeth carinhosamente lhe havia confidenciado que sua Alice também era assim no começo.

Agora, a maternidade havia deixado de ser um peso, mas a vida tornara-se repleta de um sem-número de pequenas tarefas cotidianas para os três filhos e a casa, que preenchiam seu tempo, mas não sua alma.

Não poder mais frequentar a vida musical e artística, à qual tinha se habituado, era intolerável para ela, pois sentia um grande vazio nesse ambiente burguês povoado de primas invejosas e parentes problemáticos. Além do mais, tinha receio de emitir as próprias opiniões e ser criticada. Se estar presa ao lar a deixava aborrecida, os chás da tarde, com aquelas conversas insossas, que nada acrescentavam, eram um castigo.

Afortunadamente, sentia-se aceita na companhia de tia Elisabeth e suas conhecidas que iam frequentemente a Munique, a alegre e mundana capital da Baviera, de onde traziam revistas com novidades sobre concertos, exposições, moda e livros recém-publicados.

Julia ao piano

SERIA NO PIANO QUE JULIA ENCONTRARIA A RESPOSTA AOS seus anseios mais profundos, tornando-se este o refúgio de sua alma.

O domínio de sua técnica ao piano a levou a se apresentar em várias residências elegantes à noite, onde seu repertório incluía Liszt, Schumann e Schubert, além dos prediletos Beethoven, Chopin e Mozart.

O compositor e maestro Alexander von Fielitz, regente do Teatro Municipal de Lübeck, tornou-se seu acompanhante, na qualidade de amigo de família.

Segundo Peter de Mendelssohn, "esse Fielitz, de origem polonesa, nove anos mais jovem que Julia, era jovial de espírito", casado, comunicativo e agradável como pessoa, pois Tommy também se lembrava da grande atração que o músico havia exercido sobre ele.[14]

A personalidade artística de Fielitz o havia estimulado a tocar violino quando tinha apenas oito anos, mas, mesmo jovem, Tommy se recordava que sua mãe, Julia, tocava e cantava várias das sensíveis composições do maestro.

Julia cantava bem; sua coloratura musical era agradável, conseguindo fazê-la transmitir sua paixão pela música. Ouvir suas próprias composições cantadas por uma mulher latina e carismática como Julia não podia deixar o maestro indiferente. Com certeza havia uma profunda comunicação entre ela e seu acompanhante, também porque, sendo artista, Fielitz possuía ideias liberais e uma personalidade mais humana, que fazia Julia sentir-se como pessoa, livre e igual ao outro. A simples presença do maestro dava-lhe a sensação de bem-estar e a tranquilizava. Com ele recuperava a vontade de viver.

É bem provável que entre os dois tenha se desenvolvido uma grande empatia. É também de se supor que havia certa atração um pelo outro, fato comum entre seres sensíveis como eles. Num momento tão crítico à sua volta, com o marido sob fortes pressões políticas e financeiras, a firma em crise em razão dos escândalos familiares, talvez Julia tenha se aberto com Fielitz, fazendo-o seu confidente. Se assim fez, chegou muito próximo de provocar uma situação amorosa explosiva. Talvez tenha sido o que aconteceu. Muito se especulou. Nada foi comprovado.

No entanto, ela, como esposa de um senador, e ele, como regente do teatro da cidade, certamente tinham a consciência de que um envolvimento amoroso seria um escândalo a ser evitado a qualquer preço.

Provavelmente houve um sentimento profundo entre eles, também porque quem ama as artes, no caso, a música, facilmente transfere uma paixão pela outra. E se realmente chegaram a imaginar um breve romance, esse fato não faz de Julia uma mulher aventureira, pouco séria, como diziam as maledicentes de plantão. Mostra apenas que ambos eram seres humanos, e na medida do possível, mantiveram o decoro.[15]

Mas as más línguas começaram a bisbilhotar novamente, invejosas da indiscutível capacidade musical da pianista.

Música inesquecível

CERTA TARDE, QUANDO VOLTAVAM DA ESCOLA, aborrecidos como sempre com a monotonia das matérias comerciais que não lhes interessavam, Heinrich, com catorze anos, e Tommy com dez, ouviram fortes acordes ao piano.

A *Polonaise no. 6 op. 53*,* conhecida como a "Heroica", de Chopin, elevou-se num crescendo de tal proporção que os garotos tiveram a sensação de estar sendo transportados à

* Trata-se da *Polonaise* de Chopin *no. 6 op. 53* em lá bemol maior (composta por F. Chopin em 1842), a qual resulta na vontade de Chopin de escrever algo para celebrar a cultura polonesa depois de o país ter se submetido ao controle russo. A polonesa em lá maior Op. 40 nº1, "Militar", e a polonesa em lá bemol maior Op. 53, "Heroica" estão entre as obras mais amadas de Chopin e as mais executadas.

torre mais alta da catedral da Marienkirche, não muito distante dali.

Surpresos, resolveram sentar-se em silêncio na antessala do imponente salão de música, na ponta das cadeiras, bem quietos para não perder uma nota daquela melodia extraordinária. Assim, imóveis, aguardaram sua mãe, até que terminasse.

Era a primeira vez que ouviam esses compassos rapidíssimos, "dotados do mais alto grau de beleza artística", num tom solene, vitorioso, como que transmitindo o estado arrebatador que Chopin imprimiu a essa partitura inigualável.

Pelo reflexo em um dos grandes espelhos do salão, puderam entrever a expressão de êxtase de sua mãe, sentada ao elegante piano de cauda, cor de ébano.

Foi um momento único para os três, tamanha a emoção que sentiram.

Comovidos, os garotos não paravam de elogiar sua mãe. Ela, ofegante, sentiu-se muito feliz pelo êxito musical, mas também por estar imprimindo a chama artística na alma de seus filhos.

— Mãe — disse Tommy —, a gente viaja para outro mundo quando ouve a senhora tocar. Sinto-me como um príncipe num palácio envolto numa nuvem de notas musicais.

Heinrich se enrijecia. Esses comentários de superioridade, vindos do seu irmão menor, o incomodavam sobremaneira.

Dissimulando, como sempre fazia, para não calcar sobre a arrogância contida na frase de Tommy, e sempre sorridente, Julia retrucou satisfeita:

— Tommy, eu também me sinto transportada para um mundo mágico, um paraíso onde não existem as tarefas corriqueiras do dia a dia e a gente vive só de arte e música.

— Nossa mãe é como um "pássaro numa gaiola dourada" — disse Heinrich. — Ela gostaria de fugir, mas não pode, então suas mãos voam no teclado do piano, tentando alcançar o paraíso longínquo, tal como as aves.

Julia ficou pensativa.

Então seu primogênito intuía que ela sentia-se prisioneira ali? Poderia ele captar toda angústia que a envolvia num mundo tão diferente do que tinha dentro de si?

O que mais será que Heinrich percebia?, perguntou-se com seus botões e, antes que surgissem perguntas embaraçosas, agradeceu aos filhos por terem compartilhado uma música tão extraordinária, e despachou os dois para fazerem seus deveres.

Além de seu próprio temperamento artístico, Julia semeava em terreno fértil. Daí o fato de que conseguiu imprimir em seu lar um caráter muito original, no qual as crianças puderam dar vazão às suas fantasias, sem as quais não há criatividade.

Apesar da austeridade do lugar, e das inúmeras brigas familiares por causa da firma, as crianças, que poderiam ter vivido num lar insuportável, conheceram momentos alegres de descontração e travaram contato com a beleza que existe na música.

Com sua personalidade vibrante e musical, coube a Julia oferecer uma alternativa para o vazio do mundo burguês, que d'outra forma seus filhos não teriam conhecido.

No entanto, ao fomentar o lado artístico de seus filhos, Julia ia na direção oposta à visão de mundo conservadora do marido e da família, o que lhe traria sérias dores de cabeça no futuro.

Alguém bate à porta

Era tia Elisabeth que gostava de vir na hora sagrada do *Kaffee trinken* (equivalente ao chá das quatro). Nessa hora, além do chá, podia gozar da companhia de sua cunhada Julia, que sabia ouvir suas queixas, após a separação do segundo marido.

Avistava-se, então, uma ampla bandeja em prata legítima, com as alças ricamente trabalhadas, sendo trazida por uma camareira impecavelmente trajada, com avental de linho engomado por cima. Sobre a bandeja, o jogo completo composto de chaleira, leiteira e açucareiro, todos também em prata legítima. Diante do frio que fazia lá fora, o chazinho fumegante era a melhor forma de reanimar-se, enquanto o perfume da torta de maçã, com suave aroma de canela e passas, aquecia-lhe a alma, trazendo à memória da tia Elisabeth a receita da casa de seu pai.

À noite, à mesa do jantar, Heinrich repetia como a escola era chata porque os professores nada ensinavam de interessante. E acrescentava uma pergunta infeliz, sabendo o resultado que sua fala provocaria:

— Nem sei por que frequentar esse maldito Katharineum; nunca seremos diretores da nossa firma comercial, por que perder tempo estudando administração e comércio?

— Peça desculpas ao seu pai — dizia Julia, levantando a voz. — Estás cansado de saber que é costume o filho mais velho seguir no caminho do pai. Os irmãos mais velhos do papai, Johann e Paul, não tinham aptidões para dirigir a empresa familiar, mas só neste caso foi aberta uma exceção. Mas não se esqueçam de que mesmo assim seu pai aceitou o encargo, contra sua vontade, para agradar o pai dele, o vovô Siegmund. Heinrich, você também terá que ceder para agradar seu pai.

— Então sugiro que seja Tommy, o eleito, já que ele se imagina um príncipe — desdenhou o mais velho.

— Heinrich, não são os filhos que decidem. Tenho ainda menos jeito para administração que você — disse Tommy de seu canto. E depois, sempre diplomático: — Será o papai que resolverá.

A situação de Julia ficava difícil. Se no íntimo percebia muito bem que os filhos não se inclinavam para a administração da empresa familiar, naquele tempo era necessário defender a postura do marido.

Quando este começou a desconfiar que sua esposa defendia a carreira literária para Heinrich e Thomas, a coisa mudou de figura. Antes irritado apenas com os filhos, passou a vê-la como pessoa desleal.

Travemunde na próxima geração

Finalmente chegara o mês de junho. Julia não precisava mais ficar agoniada, como nos tempos do pensionato. A bela mansão antiga dos Mann, com diversos criados, abrigava vários ramos da família, permitindo o encontro entre primos, tios, cunhados e avós, um pouco, mas não muito, nos moldes da longínqua fazenda de seus avós em Ilha Grande.

A bem da verdade, nem sempre esses encontros familiares eram suaves como a brisa refrescante, onde o rio Trave encontrava o mar Báltico. Mas Julia estava satisfeita. Sabia que estava dando a seus filhos o que sonhara — uma família que passava férias felizes, bem diferentes das suas, com Thérèse e sua mãe.

Thomas (filho), cujas lembranças mais felizes de sua vida foram de Travemunde, lembrava das cabines de vime sobre uma areia branca, onde podia ficar a sós com seus devaneios. Gostava de remar até Poival, do outro lado do rio Trave, e ficava deslumbrado com o encanto da natureza quando encontrava um pedaço de âmbar amarelo transparente. Nesse paraíso da sua juventude, Thomas sentia-se protegido, feliz e livre de qualquer responsabilidade, inclusive da escola que abominava.

Amava o mar e, graças à sua mãe, estava tornando-se aficionado à música oferecida em forma de concertos, às tardes no spa que ficava lá perto. Um cassino também fazia parte do spa, mas o jovem Thomas passava longe, sua alma adolescente vagava muito além.

Deliciava-se ouvindo os concertos, enquanto olhava para os navios que passavam a distância e fundiam-se com o mistério do infinito.

Julia o observava, feliz de vê-lo mergulhado em seus pensamentos, quase como se algum conto já estivesse em fase embrionária. Quem sabe?

Chegada a hora do adeus ao mar, à musica ao ar livre e à liberdade, era necessário voltar às aulas, detestadas não apenas pelo seu conteúdo, mas também devido ao autoritarismo que reinava nas escolas da época.

Uma notícia triste aguardava Julia na volta da praia. O marido da irmã Mana, Nicolaus Stolterfoht, havia falecido aos trinta e nove anos, deixando-a com doze filhos, tendo o caçula menos de um ano.*

* Arquivo municipal de Lübeck.

Seria necessário falar com Thomas pai, para perguntar como oferecer algum apoio à cunhada. No entanto, dois grandes acontecimentos já despontavam na lista de afazeres de Julia e seu marido: uma nova criança e o começo da construção de uma casa maior. Mas, de acordo com sua alta posição de secretário de Estado da cidade hanseática, esta seria construída na Beckergrube no terreno adquirido por Thomas pai.

Em setembro, quando a temperatura ainda era amena, o vento gélido do Báltico estava escondido, e as pessoas ainda podiam passear pelas alamedas verdes, houve uma surpresa na Breite Strasse nº 38 — o nascimento de Carla Augusta Olga Maria, a quarta filha, e talvez a última, pensava Julia, que completara trinta anos. Era o ano de 1881 (Heinrich contava dez anos; Tommy, seis; e Lula, quatro).

— Quem sabe depois desta filha eu possa ter um pouco mais de liberdade para dedicar-me a uma nova partitura de Liszt — sonhava ela.

Essa neném tinha uma pele aveludada, muito macia; Julia gostava de segurá-la bem rente ao seu corpo e sentir seu calorzinho. Tinha lindos olhos parecidos com os de sua mãe.

— Acho que esta gorduchinha e eu vamos nos dar muito bem — disse Julia baixinho para Carla, que sorria-lhe alegre.

Recepções em alto estilo

NA TRADIÇÃO HANSEÁTICA, O CARGO DE SENADOR TRAZIA CONsigo uma série de funções sociais, entre as quais a de recepcionar os habitantes da alta sociedade.

Cabia, portanto, a Thomas e Julia oferecerem jantares em sua luxuosa residência. Elaborada a lista de convidados, começavam os grandes preparativos com a elaboração do menu, a limpeza impecável das salas, saletas e salões com espelhos, móveis, objetos de arte e quadros.

Ao aceitar tal encargo, Julia dava provas de verdadeira solidariedade com a causa familiar e a da firma. Durante uma década, deu o melhor de si para recepcionar a alta burguesia de Lübeck, apesar de ter percebido claramente que jamais fora aceita como igual pelas outras senhoras.

A nova mansão que o senador construiu na Beckergrube para sua família era "piramidal", a mais linda das cercanias!

O salão ocupava toda a largura da casa; estava equipado com móveis chanfrados de cor clara; o grande piano de cauda, a prateleira carregada de livros de música, que se achava ao lado, a estante e as sobreportas em baixo-relevo, representando anjinhos que faziam música, davam ao salão o aspecto de uma sala de concerto; o salão de baile, com as quatro janelas altas, cobertas de cortinas bordeaux, ocupava por sua vez toda a largura da casa. Era guarnecido com um par de sofás baixos e pesados, forrados de vermelho como os cortinados, e de uma porção de cadeiras cujos espaldares altos se aprumavam sérios contra as paredes. Havia uma lareira com grade, atrás da qual se achava uma imitação de carvão ao qual tiras de papel envernizado e vermelho davam a aparência de brasa. Numa prateleira de mármore, diante do espelho, erguiam-se dois enormes vasos chineses.[16]

Casa muito grande e bem planejada para recepções. Os vários salões sociais desempenhavam funções diversas. O da música era habitualmente usado por Julia, que sentava ao piano de cauda por horas a fio. Outra era a sala de dança, e naturalmente a grande sala de jantar.

À entrada ficava um grande urso empalhado sentado, que segurava nas patas um jarro de prata, onde os hóspedes deixavam seus cartões de visita.* Para os jantares, quilos de *herring* (arenque) eram encomendados para o célebre Bratheringe da região, no qual o peixe era frito e temperado de modo especial, muitos barris do famoso vinho Rotstein, conhecido pelo antigo processo de maturação, iniciado no século XIII, cestas de pães pretos variados para acompanhar o salmão e o

* Este urso atualmente está na porta do Museu Buddenbrookhaus em Lübeck, na Meng Strasse nº 4.

caviar. Saladas de legumes cozidos, batatas, cenouras e beterrabas nunca faltavam, tampouco os diferentes tipos de pepino curtido.

O tradicional *plettenpudding*, uma delícia natalina feita de pão de ló, embebido em *sherry* com camadas de *makrons* (macaroons) e framboesas, coberto de creme chantilly estava sempre presente nas mesas da alta burguesia de setembro a dezembro.

Mas a alegria de todos eram os doces de marzipã. De várias tonalidades, verdes, os de pistache; cor-de-rosa, quando o sabor era morango; creme, quando a pasta de amêndoas era pura; ou perfumados com diferentes licores como rum, marrasquino ou café. Afinal, a cidade já desfrutava o título de melhor fabricante de marzipã da Europa.*

> * Entre as tortas de marzipã mais saborosas, uma foi batizada de torta Heinrich, em memória ao grande escritor, que tinha predileção por esta especialidade.

Além dos preparativos com o menu, havia a prataria a ser polida, as toalhas de linho a serem engomadas, as flores escolhidas e colocadas nas mesinhas e demais aparadores.

A limpeza e a apresentação da mansão tinham sempre de estar impecáveis. Os filhos mais velhos, Heinrich e Tommy, tinham permissão de participar do jantar.

Quando chegavam os convidados, Julia os aguardava sorridente e sempre elegantemente trajada. Para recebê-los, escolhia sempre um vestido de seda longo, marca registrada do prestígio daquela sociedade. Naquela noite, vestia azul anil, combinando com as cores das pedras de lápis-lazúli do colar e dos brincos.

Com seus longos cabelos arranjados em coque, era geralmente a mulher mais bonita da recepção, o que incomodava as senhoras que teciam elogios a ela, mas entre si a consideravam estrangeira, diferente e exótica. Julia sofria com essa hipocrisia, mas pouco podia fazer para combatê-la.

Heinrich era garoto, mas percebia que sua mãe não era feliz nesse ambiente; Tommy, aparentemente, só observava.

Mas terminadas as obrigações sociais, os problemas com o primogênito voltavam à tona.

Heinrich e o futuro da firma

Garoto sensível, rebelde à disciplina de sua escola, o Katharineum de Lübeck, Heinrich deixaria tanto o pai como a mãe se envolverem em acaloradas discussões nas madrugadas, acerca de seu futuro e, naturalmente, o da firma. O médico havia recomendado repouso ao marido; Julia sabia o quanto lhe fazia mal se preocupar também com o filho mais velho. Conhecendo bem seu caráter aventureiro, Julia teve a boa ideia de enviá-lo para a filial da empresa em São Petersburgo.

Como todos os pais comerciantes de Lübeck, Thomas J. Heinrich, esperançoso, ainda sonhava que seu primogênito se tornaria seu sucessor natural. Logo, aprovou a ideia de Julia, e, aos treze anos, Heinrich foi enviado à majestosa capital do Império Russo, inaugurada por Pedro, o Grande, em 1703.

Conhecida como a "Veneza do Norte", essa joia do Báltico era logicamente um entreposto proeminente da Liga Hanseática, de grande importância comercial na época.

O escritório de representações da firma familiar que Thomas pai administrava em Lübeck, na cidade russa, era chefiado pelo cunhado Sievers, marido de sua irmã Olga. Thomas pai acreditava que, introduzindo Heinrich nesse novo braço da empresa familiar, o jovem pudesse vislumbrar novas perspectivas profissionais.

Simpatizando com o sobrinho, tio Sievers o fez batizar um navio da empresa, para grande orgulho de Heinrich. Por instantes, chegou a se imaginar capitaneando uma frota de navios da empresa que talvez um dia fosse sua.

Mas, volúvel como já demonstrava ser, voltou pra Lübeck com uma nova surpresa da viagem: seus primeiros dois contos e alguns poemas, encantado que já estava com a poesia de Heinrich Heine.

De volta a Lübeck, Heinrich publicou as duas histórias no jornal da cidade e já queria largar a escola. O anúncio de que não seria o sucessor de seu pai na firma repercutiu muito mal em toda a família, mas o efeito que causou a seu pai foi devastador.

Em qualquer direção que olhasse, Thomas J. Heinrich só via problemas e desilusões. Um sócio recomendou-lhe tirar umas férias.

Férias no Tirol austríaco

MILAGRES PODIAM OCORRER, E FINALMENTE THOMAS PAI resolveu agradar sua esposa, convidando-a para uma viagem de quase quatro semanas.

Começaram por Leipzig, onde se encontraram com a família do músico Alexander von Fielitz, que acompanhara Julia ao piano e iniciara Tommy no violino. Vale pensar que, se realmente tivesse havido algum envolvimento amoroso entre Julia e Fielitz, a ideia de planejar um reencontro na companhia de seus respectivos parceiros teria sido absurda.

Seguindo viagem, o casal escolheu atravessar a região dos Alpes tiroleses, começando por Innsbruck, sua capital. Rodeada pelos deslumbrantes Alpes austríacos, e inserida por pitorescos vilarejos medievais e suas antigas estalagens, Innsbruck oferecia uma atmosfera ideal para passear tranquilamente respirando o ar puro da montanha. Numa dessas caminhadas, ficaram surpresos com a pintura de um elefante na parede de mais de uma estalagem.

Curiosos, descobriram que de fato um elefante havia percorrido a pé, com a histórica comitiva do futuro imperador Maximiliano da Áustria, uma parte dos dez mil quilômetros que a separavam de Valladolid na Espanha, até seu destino final em Viena.

De nome Suleiman, esse famoso elefante, proveniente da Índia, havia sido dado como presente de núpcias por D. João III de Portugal ao príncipe Maximiliano, que em 1548 veio à Espanha para desposar a princesa Maria, filha do poderoso imperador Carlos V do Sacro Império Romano-Germânico (1519-1556) e rei da Áustria-Hungria.

Tamanha sensação causara o paquiderme, desconhecido até então nessas paragens nórdicas, que os camponeses corriam de um vilarejo a outro, para ver aquele que era "alto como uma casa, com pernas feito colunas, cujas orelhas abanavam como velas de um barco, e com uma espécie de cobra que balançava em frente ao nariz".

Em Hall no Tirol, em Salzburgo, Linz, Gratz, e Stein no Danúbio, muitas hospedarias que ofereceram (pousada) custódia e forragem a Suleiman e sua comitiva colocaram o nome "O Elefante" em suas pousadas, transformando um fato inédito em fato histórico.

Numa delas, Julia aprendeu que Suleiman vinha de uma terra tropical, onde não havia invernos rigorosos. Ao cruzar os Alpes, escorregou na neve, machucou-se, e por ter ficado horas exposto ao frio, adoeceu.

Apesar do tratamento com veterinários e especialistas, Suleiman não se recuperou e morreu dezoito meses após ter chegado em Viena.

Dos Alpes, Thomas e Julia desceram até o belo lago de Constança na fronteira com a Suíça, para depois fazer todo o Vale do Reno com seus castelos e conventos centenários. Desta vez, Julia pôde desfrutar de tudo que ela amava — teatros, concertos, compras maravilhosas e feiras ao ar livre, típicas da região.

Os hotéis em que se hospedavam eram luxuosos, de alto padrão, e à noite, para o jantar, as senhoras se apresentavam com trajes muito finos, e os cavalheiros com o mesmo rigor.

A elegância estava por toda parte, desde a maneira como eram recebidos nos salões de bom gosto, decorados com quadros de renomados artistas, como Kaulbach, Paul Ehrenberg, e outros, até o último cumprimento que recebiam antes de partir para a vida noturna, tudo contribuía para dar ao hóspede a sensação maravilhosa de que ali ele era rei.

Uma noite, Julia comentou algo sobre o novo trabalho que Heinrich havia lhe mostrado. Apesar de sentir sinais de contrariedade do marido, Julia habilmente conseguiu levar a conversa a um diálogo entre as grandes diferenças que marcavam os temperamentos de Thomas e Heinrich.

Temperamentos diferentes: Heinrich e Thomas

JULIA GOSTAVA DE LEMBRAR DOS BELOS DESENHOS QUE Heinrich fazia quando criança. Havia gravado inúmeras cenas familiares, no jardim com a babá, caminhando na rua com sua mãe, nos bailes animados que seus pais ofereciam à sociedade, e no Natal com os diversos parentes que fizeram parte de sua infância e adolescência.

Os pais concordavam: Heinrich era extrovertido, aberto, impetuoso e impulsivo. Em contrapartida, Thomas era introvertido, sério, calculista, determinado e um vencedor a qualquer preço.

Bem mais cauteloso, Tommy nada comunicava do que estava pensando, nem o que pretendia fazer; ponderava bem antes de falar. Ambicioso e esperto, não se permitia dar um passo em falso.

Quando entrou no ginásio, Heinrich começou a insurgir-se contra os mestres, os quais, segundo ele, nada tinham de interessante a oferecer. Com uma predisposição para a literatura e as matérias artísticas, enquanto a escola valorizava as exatas como a matemática e a formação para o comércio, não fez segredo do que pensava. De forma desrespeitosa, começou a tratar mal seus professores e faltar às aulas, o que aborrecia muito seus pais.

Naturalmente, chamados com frequência à diretoria, ficavam preocupados.

Tommy tampouco estava interessado nas aulas sobre comércio, contabilidade ou finanças, ministradas no famoso Katharineum, mas diferentemente do irmão, não criou caso, e seu pai nunca precisou ser chamado devido à sua má conduta.

Quanto à sexualidade, os dois irmãos reagiram de maneira oposta. Enquanto o mais jovem era atraído a colegas do sexo masculino, Heinrich, para quem o despertar do erotismo foi violento, reagiu de forma intensa, passando a frequentar bordéis e a boemia da cidade, causando grande constrangimento ao pai.

Esse comportamento desregrado do primogênito o levaria a ser malfalado, pois, como sabemos, Lübeck era pequena e provinciana.

No penúltimo ano do liceu (1889), largou a escola, como anunciado, e partiu para Dresden, onde foi aprendiz numa livraria.[17]

Mais tarde, quando começou a escrever, mostrou-se corajoso e politicamente comprometido, escrevendo o que pensava, sem reservas.

Pensativos, Julia e seu marido chegaram à conclusão de que seus filhos eram literalmente "polos opostos".[18]

Durante a viagem, Julia lembrou-se de todos. Toalha de mesa bordada para sua cunhada Elisabeth, echarpe de seda para a sogra, luvas, fivelas de osso para cabelos, bolsas bordadas da Itália, rendas de Bruges e uma linda boneca "moderna" de louça para Carla.

No último dia, numa boutique italiana, comprou um colar de Murano para Lula, então adolescente. Thomas J. Heinrich, que a havia seguido nessa manhã, sem ser visto, pagou por uma delicada corrente dourada, que Julia admirava. Deslumbrada com o gesto do marido, sorriu-lhe amorosamente.

Passaram aquela noite a sós, revivendo momentos íntimos dos quais não desfrutavam havia muito tempo. Ciente de que nenhum dos seus dois filhos queria ser seu sucessor na firma, quem sabe Thomas não tenha sonhado nesse momento íntimo com um novo herdeiro.

Já de volta a Lübeck, Heinrich tinha ido recebê-los na estação de trem e se alegrou ao perceber que estavam felizes.

Em casa, uma novidade os aguardava. Sensível à arte, Thomas filho havia recortado uma reprodução de um quadro de Kaulbach, pintor em voga na época. O tema eram cinco pierrôs, sendo quatro garotos e uma garotinha de uns onze a doze anos, todos alegres. O título era *Kinderkarneval, Les enfants du carnaval*, ou O Carnaval das crianças.

Julia achou curiosa a escolha de seu filho, mas nada perguntou.

Era comum aparecerem colegas da escola na casa de Julia e seu marido. Armin Martens, amigo predileto de Thomas, e Ilse Martens, sua irmã, colega de classe de Lula, chegaram nessa noite para ouvir as novidades. Armin, um belo rapaz, loiro de olhos azuis, e um sorriso encantador, já era um libertino, muito interessado por garotas. Estava apaixonado por Lula e não fazia segredo disso.[19]

Apesar de cansados da viagem, Julia e Thomas pai resolveram ficar um pouco com os jovens para sentir o clima entre sua filha Lula e o jovem Armin.

Mais tarde, Thomas pai comentou com a esposa que Lula era muito vivaz, mas preocupava-se que seria sempre movida pelas emoções e não pela razão. Deveria ser observada, concluiu ele.

Pensativa, Julia achava essa característica de Lula positiva, ela mesma era um exemplo de pessoa movida pelas emoções. Indagava-se por que os nórdicos insistiam em querer sempre abafar as emoções a favor da razão, mas não encontrava nenhuma resposta.

No final do verão, Julia se deu conta de que esperava outro filho, e como esposa sensível, sonhou que este poderia representar um alento à vida conturbada do marido. Quem sabe o novo sucessor da firma, tão desejado por ele.

Estreia da ópera Vendetta (Vingança)

AMANTES DA BOA MÚSICA, A TIA HILDEGARD E SUA FILHA Adelaide estavam entre as primeiras a adquirir ingressos da ópera chamada *A Vingança*. Inspirada pelo título, sem dúvida, Adelaide, que nunca tinha se conformado em não se tornar a senhora senadora, imediatamente idealizou um plano diabólico contra Julia. Sussurrou-o nos ouvidos da mãe, a qual rogou-lhe que não espalhasse tamanha mentira.

Mas Adelaide estava decidida: desta vez, Julia não escaparia da maledicência de seus familiares, e, por consequência, de toda a cidade.

Na noite de estreia da ópera, com o teatro lotado, antes de chegar ao seu lugar, esbarrou de propósito em uma senhora que havia falado mal de Julia.

— Boa noite, senhora. Não é possível imaginar o que acabo de ouvir.

— Alguma novidade sobre a nova ópera? — perguntou aquela.

— Não, mas sobre seu compositor, sim.

— Do que se trata? — perguntou a senhora.

— A senhora sabia que Julia está novamente grávida?

— Mas não é possível — disse a outra, percebendo aonde Adelaide queria chegar.

— Ele nem mora mais em Lübeck...

— Pois é, mas minha prima foi visitá-lo em Leipzig no ano passado com seu marido — disse Adelaide em voz alta.

— Acho impossível — disse aquela senhora, mas duas senhoras ao seu lado haviam escutado, e no final da noite não se falava de outra coisa.

Devido à preocupação com a saúde do marido e os graves problemas na firma, a nova gravidez foi a pior que Julia enfrentou, sendo obrigada a desviar nas ruas congeladas no inverno, para não ter que aguentar mais comentários maldosos. Com quase quarenta anos, e o marido nada bem de saúde, sentia-se insegura e temerosa, um novo neném significava recomeçar tudo de novo, agora que os outros filhos já estavam criados.

Mas, ainda vaidosa, olhou para seu reflexo numa vitrine. Onde estavam aqueles traços da "mulher mais bonita de Lübeck"? No lugar deles, viu sinais de profunda angústia.

Tempos difíceis.

Karl Viktor Mann, o temporão

KARL VIKTOR VEIO AO MUNDO DIA 12 DE ABRIL DE 1890, com cabelo e traços morenos, como sua mãe gostava. Dezenove anos o separavam do irmão Heinrich e quinze de Thomas.

Suas irmãs Lula e Carla contavam treze e nove anos, respectivamente. Heinrich, já residente em Dresden, foi escolhido como padrinho do irmão caçula. Não compareceu, causando grande tristeza aos seus pais. Sua rebeldia começava a passar dos limites.

Mas o olhar bondoso do recém-nascido conseguiu fazer seu pai sorrir e acreditar numa boa evolução espiritual, típica de filhos temporãos.

O jubileu da firma Siegmund Mann

O ANO DE 1890 MARCAVA TAMBÉM OS CEM ANOS DA FUNdação da firma da família Mann. As comemorações grandiosas da firma fundada em 1790 incluíram a participação da cidade inteira.

Foram hasteadas bandeiras por todo o porto e pelas ruas da cidade. Delegações estrangeiras vieram conhecer a firma e congratular seu diretor, Thomas Johann Heinrich (pai) e sua esposa. Com ternura, seu filho Tommy recordava que o pai foi o homem do dia. Elegante, admirado, representava um século de competência burguesa.

No entanto, a ausência do primogênito foi um duro golpe para Julia e seu marido. Para aplacar a mágoa do esposo, Julia tentou justificar que Heinrich teria sido impossibilitado de comparecer devido ao trabalho em Dresden, mas ambos conheciam profundamente o desprezo do filho mais velho pela dedicação ao trabalho de seu pai. E, mais ainda, pelo fato de a firma estar inserida no contexto do protótipo da alta burguesia que Heinrich abominava.

Mas não foi só ele a eclipsar a comemoração da firma. Um escândalo financeiro na família de sua irmã

Elisabeth levou o sobrinho à prisão, incidente que pode ter sido o estopim para o boato que se espalhou sobre "a depravada família Mann". Tudo trazendo mais estresse e angústia à saúde já frágil do senador.

Derrota política

Para agravar a situação, o partido burguês (conservador) de Thomas (pai) foi derrotado pelos socialistas.

Cabe lembrar que a publicação do *Manifesto Comunista* de Karl Marx e Friedrich Engels (1848) já havia sido um marco do pensamento socialista. Sem impacto imediato, aos poucos alcançara ampla divulgação. Com a publicação de *O Capital*, em 1867, e a fundação da Primeira Associação Trabalhista Internacional, surgiram alguns novos partidos socialistas em outros países europeus. Na Alemanha, o SPD (Partido Socialista dos Trabalhadores Alemães) nascera em 1875, com o intuito de estabelecer uma nova ordem que transformasse radicalmente a estrutura político-social existente.

Bismarck, chanceler do Império Alemão desta época (1871-1890), ultraconservador e inimigo dos socialistas, proibiu os partidos social-democrata, comunista e socialista, chegando a expulsar estes últimos de Berlim e proibir as campanhas eleitorais socialistas. No entanto surgiam associações clandestinas, disfarçadas em clubes de ginástica e de cartas, para debater o futuro da social-democracia.

Mas havia ido longe demais. Numa última tentativa de ganhar o apoio das classes trabalhadoras, Bismarck instituiu com grande êxito o sistema de previdência social que incluiu o seguro-desemprego, o seguro-saúde e o seguro contra acidentes de trabalho. Aboliu também as leis que havia promulgado contra os socialistas, mas a batalha já estava perdida. O Kaiser o obrigou a renunciar, e no mesmo ano (1890) se estabeleceu a primeira Central Sindical Alemã.

Com sua renúncia, os socialistas tiveram grandes vitórias nas eleições, derrotando vários conservadores, entre os quais os Mann de Lübeck.

Graves problemas familiares

AO RELATAR SOBRE A COMPLICADA FAMÍLIA MANN, FOI mencionado anteriormente que, ao nomear Thomas J. Heinrich seu sucessor e herdeiro, seu pai, Johann Siegmund, havia aberto um precedente com o qual os dois irmãos mais velhos, filhos do seu primeiro casamento, jamais consentiram.

Talvez por vingança, um deles, também comerciante, só lhe causou dificuldades. Outro, Friedel, tirava dinheiro da firma para esbanjar com seus gastos extravagantes. Para um homem de reputação ilibada como era Thomas pai, esse amontoado de imbróglios o deixou arrasado.

Mas a gota d'água foi a mãe do senador, a avó Elisabeth, ter se colocado a favor dos irmãos e contra ele e a firma. Houve uma retirada indevida no capital da empresa por parte dela, que deve ter resultado numa grande desavença entre mãe e filho. Criou-se um profundo desgosto entre eles, sem chance de reaproximação.

Quis o destino que a avó Elisabeth, mãe do senador, falecesse logo após dias de grande sofrimento.

Com a saúde abalada e os negócios em crise, dificilmente o senador conseguiria se reerguer depois de mais esse golpe.

A saúde por um fio

Em julho do ano seguinte, 1891, apareceram novos sintomas de que a saúde de Thomas pai não ia bem. Fortes dores na bexiga exigiam uma intervenção. Na ausência de uma clínica adequada na cidade, a operação foi realizada na própria residência da Beckergrube, nº 52, no salão de baile, transformado em centro cirúrgico.

A situação era preocupante, mas Julia mantinha o barco flutuando, para tranquilidade dos filhos menores e do próprio marido. Ela e Lula eram vistas frequentemente nas horas de oração na imponente Marienkirche.

Um dia, Carla, desejosa de rezar pelo pai doente, acompanhou a mãe e a irmã, e impressionou-se com uma das famosas pinturas da dança dos mortos daquela igreja. Ao deter-se naquela cena, Lula sentiu calafrios macabros que emergiam da pintura, e tentou arrancar a irmã menor de lá, sem sucesso. Com o pai doente, a cena a perturbou demais, e a partir de então a morte tomara uma estranha conotação para ela.

Sempre solidária, tia Elisabeth as acompanhava, pois todos sabiam dos riscos da operação. No entanto,

Thomas pai não faleceu na mesa operatória, mas foi diagnosticado um tumor. Seu tempo de vida seria breve.

Começou então a planejar seu funeral, que desejava semelhante ao de sua mãe, e a redigir seu testamento, documento que entrou para a história como uma maldição e uma ameaça, com advertências sombrias a todos, especialmente à sua esposa Julia. Faleceu em 10 de outubro de 1891.

Todos os filhos sentiram muito a partida do pai que amavam, mas Carla ficou mais transtornada; reagiu de forma estranha, isolando-se frequentemente dos demais. Todo mundo percebeu, mas na época ainda não se usava tomar alguma providência. Pensou-se que todos atravessavam uma crise, cada qual a seu modo.

O testamento e a dissolução da firma Johann Siegmund Mann

As mulheres no século XIX não podiam dispor sobre seus próprios filhos; eram consideradas seres sem capacidade de ponderar, de juízo, ou de prudência. Logo, Thomas pai nomeou tutores que deveriam intervir na educação prática de seus filhos, principalmente Heinrich, o primogênito. Declarou que este não tinha os pré-requisitos para a atividade literária, como estudos amplos e conhecimentos suficientes. E aproveitou para criticar-lhe a lassidão sonhadora, a desconsideração pelos outros, e talvez também sua falta de reflexão.

As palavras que teceu a respeito de Thomas, por exemplo, a boa índole, denotavam claramente sua preferência pela personalidade mais tranquila deste filho.

Pediu muito rigor em relação a Lula, então com catorze anos, condenando sua vivacidade natural, a qual deveria ser controlada sob pressão, novamente confundindo vivacidade com o "perigo" de atração ao sexo oposto, numa sociedade em que a sexualidade era um pecado.

Carla, com dez anos em 1891, foi considerada como menos difícil de lidar.

Pouco conhecia suas filhas, ao prever a ligação fraterna de Carla com Thomas. Deu-se o contrário: Carla ligou-se a Heinrich, que de início foi visto um pouco como a figura paterna que ela havia perdido.

Thomas pai não soube, ou não pôde perceber, que seria esta filha, Carla, bonita e feminina como sua mãe, que deveria ter sido não controlada, mas, sim, orientada, aconselhada e protegida pelos irmãos, com mais carinho e mais amor.

Sua triste história será relatada mais adiante.

Sobre Viktor, o caçulinha, o pai lançou um olhar benevolente e pediu a proteção de Deus.

O pedido de firmeza em relação aos filhos que exigiu de Julia era inviável. Possuía, sim, forte influência artística sobre seus filhos, mas Julia nunca fora autoritária. Quanto às filhas, era cedo para tirar qualquer conclusão.

O sobressalto maior veio com a determinação de liquidar a firma Johann Siegmund Mann, pois o administrador do espólio constatou que não havia algum motivo para fazê-lo. Profundamente amargurado por não ter conseguido nomear um herdeiro em vida, e ter tido de viver com o remorso até o fim de seus dias, tomou drásticas decisões, que por sua vez trouxeram aflição e angústia a todos os seus descendentes, talvez como se quisesse transferir-lhes o inferno pelo qual havia passado.

O fim de uma era

ALÉM DO IMPACTO POLÍTICO NA CIDADE DE LÜBECK, E naturalmente na família, onde deixou Julia viúva aos quarenta anos, os filhos Heinrich (vinte), Thomas (dezesseis), Lula (catorze), Carla (dez) e Viktor (um), respectivamente, a morte de Thomas pai teve uma consequência sociológica profunda.

Para Lübeck, e talvez outras cidades portuárias do Báltico, a morte do senador e a escolha de uma carreira literária por ambos os filhos maiores representaram não só o desaparecimento de uma firma comercial centenária, como também o indício da decadência de um negócio comercial familiar.

Sua exigência de que a bela casa da Beckergrube, construída há apenas dez anos, fosse vendida dentro de um ano após sua morte, denotou quase uma vingança pelo fato de a esposa e os filhos não terem se subjugado ao comportamento exigido de uma família burguesa, nórdica e protestante.

Esta última imposição de Thomas pai só trouxe mais transtorno à sua esposa (que deixaria Lübeck em menos de dois anos). Sem ser necessário, foi obrigada, com os filhos, a mudar-se para outra casa, menor, também de propriedade da família.

Uma vez liquidados os bens, parece ter havido quatrocentos mil marcos a serem divididos entre os seis herdeiros. Para a época, essa soma era um patrimônio considerável. Todavia, o irmão testamenteiro nunca permitiu que Julia usufruísse dela livremente. Pelo contrário, ela só teve acesso a uma parte dos juros que este lhe enviava, e que ela dividiu religiosamente entre filhos e filhas, até o fim de seus dias.

Na realidade, não apenas a firma foi mal vendida e às pressas, como também a desvalorização que a moeda sofreu no final da Primeira Guerra Mundial (1918) traria severas consequências econômicas para Julia, que em 1893 partiu de Lübeck como a senhora senadora de uma abastada burguesia.

Julia deixa Lübeck

CONTUDO, APESAR DA VIDA SOFRIDA QUE TINHA LEVADO ALI, o fato de que agora estava livre havia conseguido atenuar a tristeza de águas passadas e abrir uma fresta pela qual já se infiltrava um tênue raio de luz.

Resolveu-se que seria importante Thomas, com dezesseis anos, permanecer numa pensão em Lübeck até obter um diploma do Katharineum. Com Heinrich já trabalhando em Dresden, Julia se mudaria apenas com as duas filhas, Lula e Carla, e o caçulinha Viktor.

Conhecidos da família haviam sugerido uma mudança de cidade para Julia e os filhos menores, e recomeçar sua vida, fato que agradou muito a Julia.

Apaixonada por música clássica e com sede de viver, a escolha recaiu sobre a animada e católica Munique, a qual ofereceria também o ambiente ideal para Heinrich e Thomas filho iniciarem-se no mundo da literatura.

No fundo, Julia ansiava por ser livre, livre da maledicência, livre do estreito mundo provinciano de Lübeck e livre para ser a mulher que desejava ser. "Agora triunfava contra Lübeck, e as vozes do mundo lhe eram, mais do que nunca, indiferentes, chamassem-lhe o que quisessem, dissessem o que quisessem daquela estrangeira, mulher do senador, ela não queria saber, faria o que quisesse, rindo e troçando deles, em gargalhadas selvagens. Agora era Julia, e queria recuperar o tempo em que não o fora."[20]

Na noite antes de deixar Lübeck, não era exatamente alegria o que sentia na alma, enquanto os últimos raios de sol acompanhavam seus passos de volta para casa na Roeckstrasse. Nem entusiasmo, nem emoção.

Talvez a palavra que melhor se encaixava no sentimento que a invadia fosse orgulho. Sentia-se orgulhosa de si mesma, de sua capacidade, de sua perseverança, de sua resiliência, e de ter superado suas próprias expectativas. Orgulhosa da mulher na qual se transformara. Mulher que agora tentaria converter a liberdade tão sonhada num projeto musical e artístico de seu gosto.

Partia orgulhosa e confiante.

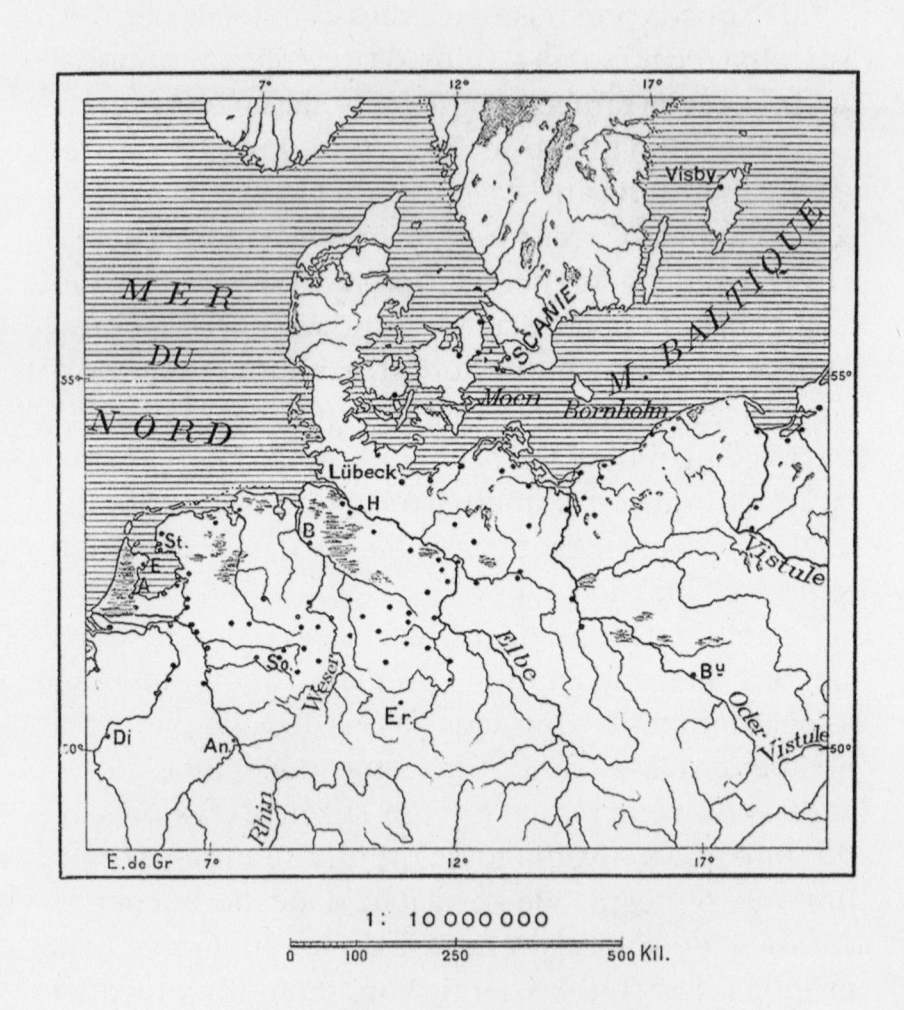

CRÉDITO: Élisée Reclus, extraído de "L'Homme et la Terre" (WikiMedia).

SEGUNDA PARTE

Uma escolha que deu certo

Recomeçando a vida em Munique, capital da Baviera

Berço da música, da cerveja e da alegria, Munique acolheu Julia e seus três filhos menores em julho de 1893, dois anos após a morte do marido, Thomas pai.

Em pleno verão, os impecáveis jardins verdejantes a se perderem de vista a fizeram sentir-se imediatamente bem-vinda. Sentiu-se vitoriosa; finalmente, havia dado um passo de sua escolha.

Não é como a mata da minha infância, pensou, *mas a amplitude e a luminosidade desta cidade me dão a sensação de ter feito uma boa escolha para minha nova vida*. Também sentiu-se amparada pela presença da imponente muralha formada pelos Alpes Bávaros.

Ajudada por amigos da família, Julia alugou a casa nº 2 da Ramberger Strasse em pleno bairro boêmio de Schwabing, habitado por artistas, músicos, atores e estudantes dos mais variados.

Conversando com vizinhos e estudantes, Julia descobriu que essa antiga região foi habitada por povos celtas e romanos antes da era cristã, um dos quais chamava-se baiovari, hoje transformado no nome Baviera. Eles lhe assinalaram que poderia descobrir mais curiosidades nos vários museus e bibliotecas da região.

Privilegiada em sua nova moradia de oito cômodos, com terraço e jardim, bem localizada, ao lado do primoroso parque Luitpold, poderia caminhar prazerosamente na primavera, no verão, e até mesmo no início do outono.

Naturalmente, no fim de outubro, o termômetro marcaria temperaturas próximas a zero grau, mas o vento glacial do Báltico, esse não sopraria nunca mais em sua face animada e ainda jovem.

Durante anos, Lübeck havia parecido um destino sem volta. Agora aquela amargura fazia parte do passado.

Entrecortados por alamedas que contornavam o rio Isar e seus pequenos lagos, os jardins eram sempre muito frequentados. A qualquer hora, podiam-se ver estudantes bem à vontade, de botas e coletes sobre malhas multicoloridas. Um sem-número de transeuntes sem horário ou destino preciso pairava lá, como em toda cidade grande.

À tardinha, uma ou outra madame de chapéu combinando com o vestido longo de gola alta, conduzindo seu poodle pela coleira de couro, seguida por casais da alta burguesia elegantemente trajados com chapéu e luvas, como se usava. E não faltava toda aquela gama de gente que tinha no parque, seu meio de chegar de um lugar a outro, carregando roupas a serem passadas, cadernos a serem corrigidos, verduras fresquinhas para a família, pão e leite para o café, e até uma cervejinha para o jantar.

> Munique resplandecia. Um céu de seda azul estendia-se luminosamente sobre as praças festivas e os templos de colunas brancas, os monumentos à antiga, as igrejas barrocas, as fontes jorrando, os palácios e os jardins das residências, e as perspectivas largas e iluminadas, semeadas de verde e meticulo-

samente planejadas jaziam ao favor do sol oblíquo do primeiro belo dia de junho.

O canto dos pássaros e alegria em todas as vielas... e, nas praças e avenidas, ondeia, fervilha e zumbe a inabalável e divertida agitação da bela e recatada cidade.

Jovens artistas, chapéus redondos sobre as cabeças, gravatas de nó afrouxado e dispensando bengala, cidadãos despreocupados que pagam o aluguel com guaches coloridos, passeiam tranquilamente. Cada quinta casa faz refletir, no sol, janelas de ateliês...

A arte floresce, exerce seus poderes, envolve a cidade com seu cetro avermelhado e sorri matreiramente... e reina cândido um culto da linha, do ornamento, da forma, dos sentidos, da beleza... Munique resplandecia."[21]

Julia busca uma alternativa

Desde os dias de sua iniciação artística no pensionato, quando Thérèse levava a classe para assistir às peças de teatro e concertos, Julia tinha se extasiado com a magia do mundo artístico, que a tocava profundamente. Diria-se que o teatro e a música a tinham conquistado para sempre.

Após anos de privações na infância e na adolescência, acalentara o sonho de criar saraus musicais em sua própria residência. Durante a infância de Heinrich, houve algumas ocasiões em que seus pais recepcionaram a alta burguesia da cidade com festas que deixaram sua marca. (Veja os "quadros vivos" observados por Heinrich na página 98, na primeira parte deste livro.)

Porém, aquelas eram festas burguesas, não os saraus artísticos que Julia teria gostado de frequentar.

Mais tarde, como sabemos, o marido passou a viver assoberbado pelos encargos políticos, a firma e os conflitos financeiros. Quando a saúde dele começou a preocupar, não havia mais clima para abrir os salões de festa da Beckergrube para reuniões artísticas, como Julia sonhava, e a vida social do casal limitou-se aos jantares elaborados para a alta roda de Lübeck.

Com a diferença de que, para Julia, os saraus teriam sido fonte de alegria e autoestima, enquanto os jantares, além da carga pesada de trabalho adicional, abriam espaço para ouvir sempre alguma crítica indesejável.

Agora, em Munique, surgiu a possibilidade de conhecer o mundo artístico, e Julia não abriria mão dela. Após a coragem de deixar o mundo burguês, ao qual, bem ou mal pertencera, a busca de outra alternativa conferiu-lhe provas de uma ousadia inédita.

Diferentemente de muitas mulheres de sua época, Julia não hesitou em buscar o que lhe trouxesse satisfação pessoal em seu novo ambiente, uma nova vida que a levasse a outros patamares de intensidade, já que ansiava por sentir e viver.*

* Duas grandes heroínas literárias do século XIX, *Anna Karenina*, (Tolstói) e *Madame Bovary* (Flaubert) também romperam com as convenções de seu tempo, gerando um escândalo, mas definiram-se por meio da busca do amor ou da perda deste, isto é, a redenção através de um homem. A literatura nos fornece outros exemplos de protagonistas femininas, como *Thérèse Desqueyroux* (F. Mauriac), Nora, em *Casa das Bonecas* (Ibsen), e *Tereza Batista cansada de guerra* (Jorge Amado), que se rebelaram contra as convenções sociais impostas que as oprimiam.

Julia, ao contrário, tentou afirmar-se como pessoa e mulher, através da música e do círculo artístico de seus filhos, além da maternidade, para a qual não havia escapatória no século XIX.

O fato de que não procurou outro parceiro depois de viúva também ilustra bastante claramente que seu foco não eram os homens, como insinuaram vários de seus críticos.

Como nasceram os saraus na casa de Julia

O DESAPARECIMENTO DAS PREOCUPAÇÕES COM A GRANDE MANSÃO na Beckergrube, em Lübeck, e sua criadagem, foi fator decisivo para que Julia pudesse agora aproveitar um pouco a vida e vivê-la mais a seu gosto artístico e sociável.

Diminuíra também o número de filhos residentes na nova casa, bem menor e menos luxuosa que a de Lübeck. Com Heinrich trabalhando em Dresden, e Thomas terminando os estudos em Lübeck, Julia começou a se perguntar onde encontraria músicos, pintores e dramaturgos para frequentar seu sarau.

Cedo descobriu que, além do Parque Luitpold, sua região ficava próxima ao Kunstareal, o distrito das artes, que abrigava dois renomados museus de arte. Depois de encontrar um colégio para Carla e Lula, e uma pajem (babá) para Viktor, estaria livre para frequentar museus e suas amplas bibliotecas.

Numa delas, aprendeu que o primeiro assentamento na região de Munique foi de monges beneditinos, como indica o nome Munchen, que significa Casa dos Monges. No fim do século XII, quando Munique recebeu o estatuto de cidade, a família nobre von Wittelsbach* herdou o ducado da Baviera e se estabeleceu em Munique, criando uma dinastia que a dominaria por setecentos anos, até o fim da Primeira Guerra Mundial (1918).

* Maria Isabel von Wittelsbach, nascida princesa da Baviera, casou-se em 1937 no Palácio Nymphenburg com D. Pedro Henrique de Orleans e Bragança, chefe da casa imperial do Brasil, sendo imperatriz e mãe (*de jure*) do Brasil até sua morte, em 2011.

Voltou deslumbrada, não apenas com a riqueza das coleções e com os fatos históricos que descobriu, mas também com alguns seminários que talvez tenha frequentado dentro dos próprios museus. Talvez desses professores, críticos e amantes da arte em geral tenha nascido o núcleo dos primeiros frequentadores dos saraus alegres e cheios de vida que organizaria em sua nova casa. Talvez.

Mais tarde, acrescido dos amigos escritores de seus filhos Heinrich e Thomas, o sarau de Julia tornou-se um ponto de referência em Schwabing, o bairro boêmio onde habitava. Por ele circulavam muitos atores, músicos, escritores e pintores renomados de sua época, como Baptiste Scherer, Friedrich Kaulbach e Paul Ehrenberg, parceiro de Thomas por alguns anos.

FOTO: Autor Desconhecido (WikiMedia)

A arte e outra maneira de ver a vida

Quando começou a conversar com artistas, Julia percebeu que estes tinham outra maneira de olhar o mundo. Como todas as pessoas sensíveis, estavam interessados em compreender o ser humano; não olhavam para a humanidade para julgá-la, mas observavam atentamente, detendo-se no mistério, no diferente, no singular. Conquistada por esse tipo de olhar, buscou encontrar o eco inexistente na sociedade convencional burguesa que havia deixado para trás. Pela primeira vez intuiu que a arte poderia salvá-la do vazio que havia vivido até então, não fosse pelo estímulo que o piano lhe havia proporcionado.

Julia ao vivo

Com um pouco de imaginação, podemos quase antevê-la toda animada numa roda dominada por um dramaturgo, amigo de Heinrich. Era um desses homens sedutores, que sabia conquistar as mulheres. Inteligente e de boa conversa, mantinha todas sob seu controle visual, inclusive os olhos pretos vibrantes da anfitriã Julia que, mesmo quarentona, continuava sensual e atraente.

Apoiada no longo piano de cauda que amava, Julia flertava abertamente, sobretudo agora que os parentes vigilantes de Lübeck eram coisa do passado. Em seu vestido cor de vinho decotado, um lindo colar e brincos de granada, muito em voga na época, e o cabelo levantado em coque, preso com florzinhas artificiais rosa antigo, estava realmente encantadora.

Mas não era só com o dramaturgo; Julia flertava um pouco com todos os cavalheiros, era parte de sua maneira de ser. Era fascinante, mas não provocante; era desejada, mas não leviana. Assim era Julia Mann.

Enganam-se os críticos que entenderam essa sua ânsia de viver como boemia e leviandade, confundindo um direito autêntico de viver através da música e da arte com o desejo de aventura para estar entre homens. Tivesse sido sua meta, a de buscar parceiros variados, teve trinta anos depois de viúva para realizá-la, e no entanto, fora um breve interlúdio com o distinto diretor do Banco da Baviera, nunca mais ligou-se a homem algum.*

Como boa anfitriã, Julia sabia muito bem que esse seu jeito, um pouco coquete, garantiria uma boa frequência nos seus próximos saraus. E não à toa foram muito bem-sucedidos.

*Hoje temos a percepção de que agradar o sexo oposto é um dos grandes prazeres do ser humano, mas no século XIX só os homens se julgavam no direito desse prazer, sendo eles mesmos os primeiros a difamar as mulheres sensuais que sentiam a mesma coisa.

Bailes de Carnaval

DANDO VAZÃO À SUA ÍNDOLE VIVAZ E FESTEIRA, JULIA PÔDE também aproveitar para curtir alguns bailes de Carnaval que Munique celebrava, sendo uma cidade católica e não luterana.

Thomas frequentou alguns desses bailes carnavalescos também na segunda moradia de Munique, onde toda a família se divertia com a exibição de seus grandes dotes de ator.

O músico Carl Ehrenberg descreveu o sarau de Julia com as seguintes palavras:

> Uma casa hospitaleira, um ponto de encontro de jovens animados e interessados pelas artes onde vivíamos horas inesquecíveis, cuja atração e interesse eram ainda realçados pela amabilidade da anfitriã e de suas duas belas filhas, Lula e Carla.
>
> As noitadas começavam com apresentações musicais. Depois líamos, isto é, Thomas lia Tolstói, Knut Hamsun ou suas próprias obras; a seguir havia mais música até tarde da noite. O que se poderia admirar era a indulgência dos demais moradores que tinham de suportar pacientemente nossas orgias musicais...[22]
>
> Na época, Julia era de fato uma jovial dama da sociedade, e tinha à sua volta um círculo de diversos senhores, historiadores de arte, um numismático, que oscilavam sem saber se deveriam cortejar as filhas da dona da casa ou a própria. E as filhas sofriam um pouco com isso, pois a mãe ainda dava valor à feminilidade e tinha admiradores, como Katia Mann descreveu em suas memórias, a Julia dos primeiros anos em Munique.

Viktor, o caçula, escreveu um único livro, *Wir Waren Fünf* (Éramos cinco)[23], no qual relatou com muita graça e humor que Thomas vestia um fraque exemplar, botas envernizadas e abotoadas, luvas brancas de cetim e chapéu de mola. O traje de gala cobria maravilhosamente a sua figura elegante. Acima da gravata-borboleta e do colarinho alto havia, porém, o rosto medrosamente sorridente de um jovem totalmente idiota, vesgo, com nariz empinado e lábios grossos de macaco, sob os cabelos desordenados... Tínhamos cãibras de tanto rir.

No entanto, não tardaram comentários negativos, desta vez de seu filho Thomas, o qual escreveu ao colega Grautoff em Lübeck: "Minha mãe, graças a Deus, está bem. Ela participou embevecida dos bailes de Carnaval – que já acabaram – a que todos reagiriam com horror em Lübeck, pois ela não ficou viúva há apenas quatro anos e meio?".

Podemos deduzir, do conteúdo dessa carta, como era fácil confundir o desejo de Julia de frequentar bailes animados com uma atitude condenável para uma mulher que ficara viúva há "apenas" quatro anos e meio.

Ao criticar a mulher que gostava de dançar, cantar e se divertir, alegando-se que essas atividades poderiam levar a um comportamento menos sério, negava-se a ela o direito a um caráter alegre e descontraído, sem compreender que isso nada tinha a ver com a honra do sexo feminino.

Marianne Krüll, em seu famoso estudo da família Mann, intitulado *Na rede dos magos*, relatou que, "na verdade, Julia sempre se empenhou em guardar as regras da decência", inocentando-a, portanto, das críticas de Thomas e de tantos outros antes dele.²⁴

Vida alegre em família

Q‍UANDO H‍EINRICH E T‍HOMAS VOLTAVAM PRA CASA NO N‍ATAL e nas férias, a casa se convertia num ambiente despreocupado e cheio de gargalhadas. Na realidade, a presença dos dois, com suas novidades, e a de Julia, bem mais feliz, dissiparam a antiga angústia e a tristeza que dominou a vida deles nos últimos anos em Lübeck.

Dessa época vem a reclamação de Viktor, dos pratos apresentados por Julia na mesa do jantar, quando estavam todos os seis descontraídos e alegres, mas com fome.

Provavelmente a falta de uma cozinheira, como havia em Lübeck nos tempos do senador, pode ter levado Julia à cozinha, o que explica os apelidos que os filhos deram aos pratos.

Havia um tal suflê servido quentíssimo, que Lula apelidara de "manjar do inferno", um cozido de carne bovina era chamado de "vaca velha" pelos dois rapazes. O próprio Viktor batizara um caldo de carne com sagu de "ovas de sapa".²⁵

Era preciso melhorar o menu. A garotada teve uma ideia brilhante. Começaram a exigir da mãe uma *Bullern*, isto é, uma festa de grandes proporções, para incentivar sua criatividade também na cozinha. Num primeiro momento, Julia não quis nem ouvir falar dessa proposta cara e muito trabalhosa, mas Viktor, com seu jeitinho encantador, e Lula, com certa psicologia, convenceram a mãe de que ela precisava melhorar suas receitas para poder convidar pessoas e casais mais finos para jantar.

Julia cortou o número de convidados, mas aceitou fazer a festa.

Em seu livro já citado, Viktor não se detém nas observações do cardápio da festa, mas felizmente nos brindou com alguns nomes das pessoas que frequentaram as quatro casas que Julia habitou em Munique. Entre elas, tia Elisabeth, sempre com um presente na mão, vários tios, entre os quais o charmoso, divertidíssimo pintor, Leo Putz, com seu nariz comprido e grotesco, e o colega da mamãe, pintor Baptiste Scherer, fiel amigo da família. Outro tio, um bávaro autêntico, músico, exímio nos instrumentos de corda, com o qual Viktor podia conversar no dialeto de Munique, e um senhor sério, compositor, "distante parente nosso", sr. von Fielitz, com um bigode longo virado para baixo, que se juntava ao cavanhaque.

Na realidade, o músico e compositor Fielitz não era parente, mas frequentava a família desde os tempos de Lübeck.

"Da multidão de outros frequentadores da casa" Viktor se lembrava também de vários oficiais em uniforme e professores de dança de Carla.

Cabem algumas perguntas relevantes. Teria a tia Elisabeth, irmã de Thomas J. Heinrich, marido falecido de Julia, mantido a amizade com a cunhada, se acreditasse no boato sobre a infidelidade de Julia?

Tudo indica que a resposta seria não, tanto à permanência da amizade quanto à veracidade do boato.

Fielitz não teria receio de visitá-la em Munique, se os boatos tivessem sido comprovados? O que ganharia um profissional respeitado, diretor do teatro, casado, a jogar mais lenha na fogueira? Se Viktor fosse realmente seu filho, provavelmente, não arriscaria trair-se na presença do menino.

E Viktor, que conviveu com a música, o piano magnífico da mãe dentro de casa por vários anos, a mãe exímia pianista, por que jamais tocou uma nota sequer por curiosidade?

Um peixinho que nunca demonstrou a menor afinidade musical poderia ter sido filho de um músico e uma pianista? Quem saberá?

Entre os artistas que frequentavam a casa, havia um colega dos filhos, o pintor Baptiste Scherer, que talvez fosse o autor do quadro no qual Viktor descreve sua mãe Julia usando um "longo vestido de noite fictício, tal como se usava na época nos bailes dos artistas".

"Com fabulosas flores pretas sobre seda amarela, um grande decote, luvas pretas compridas, e um leque amarelo-escuro, esse quadro de fundo escuro ainda exibia um pavão estilizado."

Viktor relata que sentiu "muita admiração pela mamãe com este vestido, e achou o quadro bonito e bem parecido com ela". "Meus irmãos e muitos conhecidos também acharam, só a mamãe se achou elegante e jovem demais, para uma mãe com filhas em idade de casar, embora na época tivesse uma ótima aparência".[26] De modo algum queria brilhar mais que as duas filhas moças — nem mesmo num quadro.

Resolveu "corrigir" o quadro, cobrindo o decote com bico de pena preto e acrescentando algumas rugas no rosto.

Os filhos logo perceberam e desataram a rir.

Não satisfeita com suas correções, Julia resolveu fazer nova tentativa, mas o resultado foi deplorável, e ela deu sumiço ao quadro, fazendo-o desaparecer no porão.

Heinrich "descobre" a Itália

POUCAS SEMANAS ANTES DA MORTE DE SEU PAI, EM 1891, Heinrich havia começado a escrever seu primeiro romance, *In einer Familie (Em uma família)*, mas uma hemorragia pulmonar o acometeu, levando-o a uma clínica de repouso, no início do ano seguinte.

Quando finalmente pôde reencontrar a mãe e os irmãos em Munique, não conseguiu mais se acostumar à vida em família, em que as irmãs viviam discutindo, e a mãe, segundo ele, só tinha olhos pro Viktor, seu novo queridinho. Irrequieto, como sempre, ouviu falar do encanto de Palestrina, um pequeno vilarejo na Itália, ao sul de Roma, onde havia uma boa pensão para estrangeiros.

Partiu improvisadamente para lá na primavera de 1894, com intenções de terminar seu primeiro romance.

Essa incursão à Itália seria uma de muitas aventuras num país que o fascinou como pessoa, e cuja influência marcou profundamente suas obras, além daquelas de Thomas, alguns anos mais tarde.

A sedutora luminosidade da Itália foi o que chamou sua atenção desde o início. Ao entardecer, ficava cada vez mais encantado pela tonalidade da luz, que resplandecia nas escadarias em tons pálidos alaranjados, enquanto as muralhas do antiquíssimo vilarejo etrusco eram banhadas num rosa que desaparecia à medida que o sol se escondia no horizonte.

Era como estar noutro mundo, cheio de sol, de pessoas sorridentes, descontraídas e, sem dúvida, mais barulhentas do que na sua terra. Caminhando por ladeiras com sacadas floridas, de onde exalava o odor dos temperos da comida deliciosa, logo lembrou de sua mãe ao perceber que a Itália era certamente uma ponte para entender o que Julia tentara lhe explicar há anos sobre o colorido e a alegria do mundo latino.

Ali compreendeu como a vida podia ser mais amena, como as pessoas se permitiam viver e demonstrar seus sentimentos, sem precisar ocultá-los como em sua terra natal.

Na Itália, percebeu uma nova maneira de ver a arte, indelevelmente inserida na vida dos habitantes. Ali, o belo não era apenas admirado em museus; desde a infância, respirava-se a arte por todo lado. Cultuava-se o belo.

Fez muitas anotações que mais tarde usaria para um de seus livros importantes — *Zwischen den Rassen* (*Entre as raças*).

E tomou uma decisão inadiável: precisava trazer Thomas para esse paraíso e, quem sabe, um dia também sua mãe.

Nos próximos cinco anos, até 1900, os dois irmãos fizeram inúmeras viagens juntos à Palestrina, na época com menos de quinze mil habitantes.

Anos mais tarde, na entrada do vilarejo, foi colocada uma lápide com palavras sugestivas em italiano, saudando os dois irmãos Heinrich e Thomas Mann:

> *Qui dove sorgeva una antica pensione per stranieri, soggiornarono a lungo sul finire del´ottocento alla ricerca di se stessi*, Heinrich e Thomas Mann.
>
> "Aqui, onde existira uma antiga pensão para estrangeiros, Heinrich e Thomas Mann residiram por muito tempo no fim do século XIX, à procura de si mesmos."

Depois, alargando seus horizontes, descobriram os encantos de Roma, Nápoles e Veneza. Foi um período muito agradável para ambos, no qual Heinrich ainda deteve a autoridade do primogênito, uma vez que foi ele quem "descobriu" a Itália.

Tão encantado ficou Thomas com a riqueza e a originalidade da cultura latina, que não queria perder um só instante com turistas estrangeiros. "Sempre que ouvíamos falar alemão, fugíamos o mais rápido possível da cena."

Mas dos saborosos croquetes de carne, servidos no antigo bar Genzano na Via Torre Argentina, em Roma,

Thomas se acercaria sempre que possível; não resistia ao delicioso sabor da comida italiana, preparada diariamente com ingredientes fresquinhos.

Em Florença, inestimável joia da Toscana, parece que na primeira vez Heinrich foi sozinho. Instalando-se na Via dell'Oriuolo, nº 16, a poucos minutos da praça do Duomo, região preferida dos artistas, pôde gozar do anoitecer nas *trattorias* que ferviam e nos barzinhos que lotavam de pintores, músicos e atores de todas as tribos. Lá encontrou o ambiente que mais apreciava: cabarés, restaurantes e aquele vaivém de florentinos e turistas que amavam a vida noturna.

Veneza – La Serenissima

Para sentirmos a profundidade do sentimento com que foi tocado Thomas Mann, numa das vezes que esteve em Veneza, transcrevemos aqui as palavras usadas por ele, em *Der Tod in Venedig* (*Morte em Veneza*), para descrever o nascer do sol na laguna:

> mas aos primeiros sinais da aurora, tornava-se impossível permanecer na cama; levantava-se, e aguardava o nascer do sol num espetáculo maravilhoso que preenchia sua alma com grande reverência.
>
> Céu, terra e mar jaziam ainda imersos na palidez vítrea, fantasmagórica, que precedia o alvorecer; uma estrela efêmera pairava nas alturas irreais. Mas, como arauto animado, um vento adejava de cantos inacessí-

veis ao homem... e aí surgia aquele primeiro enrubescer das faixas mais remotas do céu e do mar, pressagiando o reaparecimento da Criação.[27]

A primeira obra de Heinrich

IN EINER FAMILIE (EM UMA FAMÍLIA)

Conforme havia se proposto, Heinrich voltou da Itália com seu primeiro romance terminado. Julia, que tinha pressa de lançá-lo, decidiu patrociná-lo ela mesma, sendo ele ainda pouco conhecido.

Como ocorreria em outros romances, a personagem Dora foi criada à imagem de sua mãe Julia, ou melhor, de como Heinrich se recordava dela.

Marianne Krüll, psicanalista e socióloga, em seu conceituado livro *Na rede dos magos*, oferece-nos um estudo detalhado sobre como Heinrich e Thomas, inconscientemente, projetaram a personalidade de sua mãe na trama e nos personagens de seus livros.

No entanto, nos ocuparemos dessa profunda análise apenas no que diz respeito a como Julia foi compreendida por seus dois filhos escritores, uma vez que ambos a retrataram como uma "personalidade erótica", mas com a "sexualidade reprimida", e como uma "artista que se apaixona fora do casamento" (os filhos a chamavam de "artista").

É importante ressaltar que ambos os filhos escreveram segundo sua interpretação de fatos, que presenciaram na infância e reelaboraram quando adultos, portanto, ao recriar personagens femininas carregadas de traição e infidelidade, segundo sua imagem da própria mãe, reforçaram o mito de que ela assim fosse.

"Pois de uma coisa não devemos esquecer: as obras dos dois irmãos continuaram atuando na rede familiar... elas se tornaram a história 'verdadeira' da família, ou, pelo menos, ambos misturaram tanto a ficção com a realidade, que mais tarde nem os irmãos nem os filhos — talvez nem os próprios Heinrich e Thomas — sabiam mais qual era a história verídica da família".[28]

Novo personagem

No fim do século XIX, entra em cena o dr. Josef Löhr, distinto senhor, descrito por Thomas como "um homem bom, simpático e instruído. Não consigo imaginar ninguém melhor para Lula".[29]

Diretor do Banco da Baviera, um ótimo partido, parece que o cavalheiro se encantou primeiro com Julia. Demonstrando maturidade, Julia, onze anos mais velha que Löhr, sabiamente não o encorajou, pensando ser este um bom parceiro para sua filha, Lula, então com 22 anos. Löhr oscilou, mas depois concordou em mudar o foco de suas atenções para a filha, quinze anos mais jovem que ele.

Como sua mãe, Lula também não casou com seu primeiro amor adolescente. Tal como a mãe, casou-se por conveniência, com um homem bem mais velho que ela.

Em 1900, foram celebradas as bodas, numa festa suntuosa, digna da filha do secretário de Estado Thomas J. H. Mann, conforme nos relatou Viktor:

> A noiva usava um vestido branco com cauda longa, a frente da igreja estava toda decorada; Thomas foi o acompanhante de sua irmã Lula. Grande quantidade de convidados ilustres compareceu a um dos casamentos mais badalados e elegantes da época. Seguiu-se um banquete no Hotel Quatro Estações, e uma lua de mel na Suíça.[30]

Viktor se divertiu muito na festa porque havia duas novidades que ele amou logo de início. A primeira foi o sorvete.

Como é que alguém poderia ter bolado uma delícia dessas?, perguntava-se, ao se servir pela quarta vez do sabor chocolate.

A outra era mais emocionante ainda. Era o champanhe que conhecia, mas nunca havia provado. As taças de cristal cintilantes corriam soltas nas bandejas prateadas dos garçons.

Após certificar-se de que sua mãe e os irmãos estavam entretidos com os hóspedes, percebeu sua grande chance.

Com cautela, esticou a mão, decidido, segurou sua primeira taça e foi sentar-se num canto onde ninguém poderia vê-lo.

Tão excitado ficou com o sabor docinho do espumante francês, que continuou saboreando as próximas taças como se fossem cheias d'água.

De repente, caiu e foi parar embaixo de uma poltrona ricamente coberta com um tecido de seda adamascado em amarelo-ouro, e lá ficou um tempão.

No final da festa, Julia, cansada de procurá-lo, pediu ajuda ao maître, que tudo havia observado, e assim reconduziu a mãe ao seu filho caçula, bêbado como um gambá, pela primeira vez, aos dez anos de idade.

Se o luxo e o dinheiro servissem de garantias para a felicidade, Lula teria sido muito feliz, pois os tinha de sobra no início de seu casamento. No entanto, as vicissitudes da vida, as aparentes constantes solicitações para satisfazer o marido (segundo Golo Mann, terceiro filho de Thomas e Katia) e sua morte prematura não lhe concederam uma vida tranquila.[31]

O despreparo das mulheres para a realidade do casamento, e sobretudo a impossibilidade de a mulher se realizar como pessoa, fizeram dessa união um pesadelo, do qual Lula só conseguia se apaziguar com o uso de morfina. Lula também sonhou em ser atriz, e tal como a mãe Julia, ainda no pensionato, ouviu que essa não era uma profissão para mulheres sérias. Talvez fosse menos voluntariosa que Carla, a irmã menor, mas o fato é que aparentemente "aceitou" a opção burguesa de se casar e ser mãe de família, sem na realidade desejar esse destino.

Teve a sorte de poder criar três filhas saudáveis e ter uma boa amizade com o irmão Thomas. Parece que as duas famílias se visitavam no Natal e passavam férias juntas. Quem sabe, Lula, desgostosa com seu casamento, tenha sonhado com um marido como seu irmão Thomas, culto e com boa dose de espiritualidade. Acabou envolvendo-se com dois amantes, que nada acrescentaram à sua vida mal direcionada.

Polling, paisagem campestre

JOSEF LÖHR TEVE UM PAPEL IMPORTANTE NA VIDA DE JULIA e também na de seu filho Viktor. Um ano antes do casamento com Lula, ele os convidou para passarem férias no campo, numa localidade chamada Polling não muito distante de Munique. Lá havia um antigo mosteiro medieval da ordem agostiniana, onde outrora suas amplas terras davam sustento não só aos religiosos, mas às vezes também ao povoado pobre. Encerradas suas atividades religiosas em 1803, agora abrigava duas propriedades agrícolas, uma das quais alugava quartos.

Julia se encantou com a paisagem coberta de abetos e pinheiros entre bosques de faias altas, cinzentas que lembravam nossos eucaliptais. O terreno era quase plano, mas perto das moradias Julia havia reparado numa colina circundada pelo bosque, onde, no fim da tarde, podia-se sentir a brisa soprando entre as folhas, quase murmurando distantes notas musicais. Sendo também uma área pastoril, no verão, sobejavam pastagens verde-esmeralda muito repousantes. O perfume do campo estava por toda parte. Nos dias ensolarados, deixava-se abraçar pelo sol, e respirava todo o ar que pudesse entrar em seus pulmões.

Quando saíam a passeio, e surgia um bando de águias, Viktor pulava bem alto, seguro de conseguir agarrar uma. De mãos vazias, corria então feliz atrás de uma lebre ou raposa, enquanto Julia agradecia a Deus pela companhia do menino, que tanto lhe lembrava seu irmão Manoel na infância.

No bosque úmido, admiravam musgos de um verde-amarelado, e muitas florzinhas coloridas. Repleto de samambaias que Julia conhecia bem, havia também grande quantidade de fungos, e naturalmente *Centaurea cyanus*, a flor símbolo da Alemanha.

Entusiasta do local, Julia resolveu passar os verões lá, a partir de 1903, onde Viktor também sentiu-se atraído pelo ambiente campestre.

Donos de uma das propriedades agrícolas, a família Schweigart se interessou pelo futuro do garoto e ofereceu-lhe um estágio no local, após cursar a Academia Rural. Mais tarde, esse caminho levou-o à Faculdade de Agronomia de Munique, onde tornou-se engenheiro agrônomo.

Julia escreve suas memórias

Iniciadas no pensionato, para combater a saudade, Julia havia guardado o caderno com aquelas lembranças da sua infância maravilhosa em Paraty. Agora que ambos os filhos escreviam, ela também resolveu dar seus primeiros passos nessa direção.

O título que deu às suas memórias foi *Aus Dodos Kindheit* (*Da infância de Dodô*) escritas em 1903, as quais só seriam publicadas em 1958, mais de três décadas após sua morte.³² Escreveu também alguns contos breves de caráter romanesco. Na edição brasileira foram publicados conjuntamente com suas memórias.*

Estas nos fornecem relatos cheios de alegria das inúmeras travessuras vividas no amplo jardim, cheio de crianças, rodeado pela inesquecível Mata Atlântica. Com muito sentimento, faz o leitor compreender que sua infância fora paradisíaca, e que ela teria feito qualquer coisa para voltar àquele tempo. Essa ânsia de recuperar o mundo perdido seria a tônica do resto de sua vida.

* Há outros contos e narrativas breves ainda inéditos. "Vergeltung" (Desforra) é um dos contos escritos entre 1893-1894, cujas semelhanças com *In einer Familie*, primeiro romance de Heinrich, é notória. Essa semelhança se repete num outro conto dela, "Aus einer Briefsammlung" (De uma coletânea de cartas), de gênero policial. Não se sabe quem influenciou quem.

Uma irmã encantadora

CARLA TINHA PERDIDO O PAI AOS DEZ ANOS, E, SENTINDO-SE responsável por ela, Heinrich tornou-se um pouco seu pai adotivo. Provavelmente, ela venerava esse irmão emancipado, que já trabalhava em Dresden. Que alegria ela deve ter sentido quando ele vinha visitar a família, então em Munique!

Entrava na adolescência e já tinha traços muito bonitos. O feitio do nariz e da boca eram nobres, quase aristocráticos, e o corte dos olhos claros, ligeiramente oblíquos, chamava atenção. Seus cabelos longos, ondulados, formavam uma bela moldura ao seu perfil encantador. Mais nórdico que latino, seu olhar era tranquilo, quase pacífico. Sem o carisma ou a vivacidade do olhar de sua mãe, todavia, sentia-se algo sonhador naquele olhar jovem.

Atraente, gostava de flertar com os jovens da vizinhança, e como sua mãe, antes dela, fazia sucesso. Mas ai daquele que se deixasse levar por seu jogo de sedução! Uma vez percebida a fraqueza de seu admirador, Carla imediatamente se distanciava, sem dar a mínima para os sentimentos dele.[33]

Nessa sua frieza característica, era bem diferente de sua mãe, que já na infância demonstrara compaixão pelos mais fracos, "quando deu todas as suas economias de presente a um organista italiano que tinha um rosto belo e triste, e parecia ter olhos... melancólicos".[34]

Quando Heinrich também passou a residir na casa de Munique por um ano, a amizade entre ele e Carla se estreitou, e esta o ajudou fazendo cópias de suas novelas e contos. Nessa época, Carla, já uma assídua leitora, começou a se aproximar da obra dos irmãos através da convivência com eles e seus amigos, atores e músicos, que frequentavam os saraus musicais de sua mãe.

Aos dezoito anos, seguir a carreira de atriz começou a entrar em seus planos, e seria a Heinrich que ela iria confidenciar esse sonho.

Enquanto Julia e outros familiares foram reticentes, pois temiam que Carla pudesse se desiludir, o irmão a apoiou e, para sua grande alegria, disse-lhe acreditar em suas aptidões.

Decidido a incentivá-la, Heinrich lhe apresentou um conhecido ator de Munique, para fazer um teste, no qual Carla seria muito bem-sucedida. Entusiasmada com os comentários do ator, relatou ao irmão que ela "agradou muito", e sua atuação foi "surpreendente".

Numa carta a Julia, o ator escreveu que, na sua modesta opinião, "Carla possuía talento teatral extraordinário", e que sentia que "realmente ela trilharia um caminho promissor no palco", caso conseguisse trabalhar melhor sua voz que era fraca.

Sentindo-se segura, Carla dedicou-se com afinco a exercitar sua voz, através de novas técnicas vocais, e de muitas horas de ensaios. Aos vinte anos, conseguiu seu primeiro papel em Zwickau, e Heinrich passou a visitá-la nas diferentes estreias. O mundo sorriu para Carla, e ao sorrir de volta ao irmão, este sentiu-se cada vez mais atraído à irmã, que desabrochou numa linda mulher.

Numa fase muito produtiva, Heinrich também escreveu versos simbolistas cujas metáforas sugeriam um amor secreto, que era tabu para ele.[35]

"Quem seria essa musa?", pergunta-se a psicóloga Marianne Krüll, autora do livro referenciado.

Animado com os primeiros sucessos teatrais da irmã, Heinrich já pensou em criar papéis nos quais ela seria a atriz principal, e ele a levaria ao triunfo.

Sonho maravilhoso!

Chegou o verão, e os dois partiram juntos para as montanhas de modo a planejar seu futuro teatral "promissor".

Mas o relacionamento deles assumiu outra forma, já que Heinrich passou a acompanhá-la a muitos eventos.

Passaram mais e mais tempo juntos, e Carla depositou nele um alto grau de confiança, mostrando-lhe e lendo juntos as cartas íntimas de seus vários namorados.

Julia tentou se aproximar da filha artista, mas não obteve muito sucesso porque a relação entre os irmãos era bem complicada, já que os dois homens não se entendiam. Thomas se dava com Lula, Heinrich com Carla.

Julia queria paz em família. Como toda boa mãe, ao tentar conciliar os irmãos, acabou afastando-se de Carla.

Quando Carla ia para Polling nas férias, Julia intuía com tristeza e preocupação que era Heinrich que ela ia visitar, não ela.

Surge mais um problema para Julia. Desta vez o rendimento escolar do caçula Viktor, aos doze anos, estava um pouco abaixo da média. Preocupada, com justa razão, Julia resolveu verificar se em Augsburg, num ambiente menor, talvez as escolas fossem menos exigentes. Na esperança de que Viktor conseguisse notas melhores, mudou-se para lá com ele em 1902, afastando-se de Carla e Heinrich. Além disso, Julia intuia algo que a preocupava.

Perigoso, macabro e perverso

TANTO UM IRMÃO COMO O OUTRO LEVARAM A VIDA PESSOAL de seus familiares aos seus romances. Mas enquanto Thomas, em *Os Buddenbrook*, o fez de forma mais ou menos discreta e frequentemente sublinhando o universal *versus* o particular, Heinrich provocou um drama emocional a todos que se reconheceram na trama de dois de seus livros.

No livro *Die Jagd nach Liebe* (*A caça ao amor*, 1903), Josef Löhr, marido de Lula, reconheceu a si mesmo e outras pessoas da sociedade de Munique descritos de maneira pouco conveniente. Para grande desgosto de Julia, Lula e Jof (Josef Löhr) não tiveram mais contato com Heinrich e Carla. Ofendidos, afastaram-se por anos após o lançamento desse romance.

Esse não foi o único drama que esse livro acarretou. Ao utilizar trechos de cartas íntimas de sua irmã Carla para suas peças teatrais, Heinrich comprometeu o relacionamento dela com seu futuro noivo, Arthur Gibo.

Nesse mesmo romance, Heinrich incluiu o "crânio de Nataniel"[36], que era uma caveira levada por Carla em suas viagens, a qual continha o veneno com o qual se mataria em caso de necessidade. Esse fato já seria suficiente para deduzir que havia algo sombrio no comportamento de sua irmã, e ele, como irmão mais velho e confidente, poderia tê-la ajudado a se desfazer do objeto o quanto antes, em vez de fazer gracejos macabros para expressar as fantasias dela sobre a morte.

Em outra novela, *Die Schauspielerin* (*A atriz*, 1904), Heinrich novamente usaria os desabafos de Carla como material para seus contos, transcrevendo passagens inteiras das cartas da irmã e fornecendo uma documentação impressa de seu novo caso amoroso com um homem riquíssimo de 26 anos, que ela denominava Fred, e que era sobrinho-neto do grande escritor Heinrich Heine. "Aqui também aparecem desejos incestuosos quase indisfarçáveis de Heinrich."[37]

Carla estava atormentada por mais de um amante. Sem pressentir o perigo do seu ato, Heinrich traiu a confiança que ela depositara nele ao transformar sua história em literatura de domínio público.

E, mais grave, enquanto para alguns, por exemplo dr. Josef Löhr, tratou-se apenas de um problema de retratação social inconveniente, para Carla, jovem mulher, lutando para se afirmar como artista, essa exposição de sua vida íntima nos aplaudidos espetáculos teatrais da época continha algo de perverso. Os relatos de suas relações com diversos parceiros, em termos picantes e íntimos, chegavam a palcos onde ela nem sequer tinha pisado, situação que pode tê-la afastado de possíveis ofertas como artista, além de difamá-la como pessoa, possivelmente diminuindo sua autoestima.

Mais adiante observaremos como essa indiscrição lhe provocou a forte desestabilização emocional que, supõe-se, pode ter sido um dos fatores que a encaminhou ao desfecho que teve.

A família reunida em Munique

Quando Thomas terminou os estudos secundários em Lübeck, juntou-se à família, em Munique, onde trabalhou oito meses numa companhia de seguros e publicou alguns contos. *Der Tod* (*A morte*) foi inscrito num concurso literário, mas não venceu porque foi considerado um plagiador, apesar de não ter sido intencional.[38]

Deveria ter prestado serviço militar, mas conseguiram-lhe uma dispensa e ele ficou livre do Exército. Nesta época (1901-1903), apaixonou-se por Paul Ehrenberg, pintor impressionista, filho de um pintor de Dresden, cujo irmão Carl era músico, compositor e ensaiador no Teatro de Ópera de Munique.

Vários retratos de Julia e outros personagens, assinados por Paul Ehrenberg, participaram de todas as importantes exposições de Munique no início do século XX. Infelizmente todos foram perdidos.

Foram bons tempos para Thomas; ele e os dois irmãos Ehrenberg formavam um trio alegre; de dia andavam de bicicleta e, à noite, às vezes, iam a bailes camponeses em Schwabing, o bairro dos artistas, primeira moradia de Julia em Munique. Thomas tocava um pouco de violino, e se encontravam para jantares agradáveis na casa de uns e de outros.

É significativo observar que apesar de tantos contatos no mundo artístico e teatral, aparentemente, Thomas não teve a iniciativa de introduzir sua irmã Carla nesse ambiente, facilitando-lhe a formação de contatos importantes. Três anos após sua chegada em Munique, Thomas foi para Roma, onde começou a coletar material de família para *Os Buddenbrook*.

Em 1900, o livro ficou pronto, mas o editor quis reduzir o número de páginas. Thomas não aceitou. Em 1901 saiu em dois volumes, e Thomas afirmou que a personagem Gerda não era cópia de Julia, sua mãe.

Esperta, vivaz e grã-fina

Apaixonado pela música de Wagner, Thomas gostava de ir aos concertos da Filarmônica de Munique, tal como seus pais outrora em Lübeck. Graças a Julia, agora habitava numa cidade cosmopolita cheia de cultura e manifestações artísticas.

Certa noite, com a plateia cheia dos bem trajados burgueses da época, admirou à distância um rosto feminino esperto, cheio de vida.

Pela vivacidade do olhar, deve ser muito inteligente. Gostei, pensou ele.

Informou-se e disseram-lhe tratar-se de Katia Pringsheim, universitária, filha do renomado professor titular da cadeira de matemática da Universidade de Munique, Alfred Pringsheim.

— São riquíssimos. Imagine que moram no palácio da Arcis Strasse, numa casa repleta de quadros e uma coleção de maiólica de um valor inestimável — disseram-lhe.

Gostou mais ainda. Captou imediatamente a grande chance de voltar a fazer parte da alta burguesia, como nos tempos em que seu pai era senador e comerciante de prestígio em Lübeck.

Mas, cauteloso, não se precipitou. Era cedo para tentar conquistá-la. Além do mais, Thomas ainda era ligado ao seu parceiro Paul Ehrenberg.

Às vezes, Thomas e Katia faziam o mesmo trajeto de bonde, pois a faculdade dela ficava em Schwabing, bairro no qual ele habitava. Ele sempre mais intrigado com a jovem; ela nem tinha reparado no ilustre desconhecido.

Um dia, ouviu-a num bate-boca com o cobrador do bonde, pois não tinha mais a passagem como comprovante de ter pago o trajeto, e este não queria mais deixá-la saltar. Com sua audácia característica, mas inédita ao nosso passageiro, rebateu a insolência do funcionário de forma tão contundente, que Thomas encantou-se também com a personalidade desafiadora da moça.

Ansioso por uma chance de um convite à esplêndida mansão pela qual passavam "todos que tinham nome e prestígio em Munique", ficou feliz quando soube de um grande baile de Carnaval na casa dos Pringsheim a ser realizado na noite seguinte, 28 de fevereiro de 1904, para cento e cinquenta convidados. *Certamente haverá muita literatura e muita arte*, pensou Thomas com seus botões, regozijando-se de antemão.

Acertou em cheio.

Festa na mansão maravilhosa

Nesse palácio deslumbrante, todo em estilo dos séculos XV e XVI pôde apreciar uma das mais seletas coleções de objetos de arte da Renascença.[39]

Mas havia outro objeto que o cativou de forma mágica. Bem no centro da parede da sala de música, sem nenhum outro quadro em volta, destacava-se um quadro dominante das cinco crianças da família Pringsheim, pintado por Friedrich A. von Kaulbach.

Ficou atônito. Todas as cinco crianças fantasiadas de pierrôs.

— Não! — exclamou a si mesmo baixinho. — Isto não é possível.

Empalideceu de tamanho susto.

Katia, que passava por ali naquele momento, veio ao seu lado, preocupada.

Ao ver o quadro verdadeiro, cuja cópia havia pendurado em seu dormitório na adolescência, foi tomado por uma premonição: Katia, a única menina do quadro, (os outros quatro pierrôs eram seus irmãos) lhe era predestinada como esposa, mesmo antes de conhecê-la.

Com sua fleuma característica, engoliu em seco, relatando apenas a coincidência ocorrida aos catorze anos.

Mais tarde, quando compartilhou a coincidência com outros membros da família dela, todos acharam a história muito reveladora.

Desde que entrara naquele palácio pela primeira vez, Thomas sentiu que era o modelo de casa que desejava habitar um dia. Mais do que por Katia, apaixonara-se pelo mundo intelectual e abastado que a cercava.

Ao desposar essa moça inteligente e decidida, abrir-se-ia a chance de voltar ao mundo luxuoso que havia habitado em Lübeck, na Beckergrube, quando pertenceu à alta burguesia... justamente aquela que ele, Thomas, denunciara no seu livro de estreia, *Os Buddenbrook*, assim como em vários outros. Essa era uma das grandes contradições daquele que foi um dos maiores romancistas do século XX.

Os *Buddenbrook* havia sido publicado três anos antes, e Thomas foi rodeado por convidados que escutaram atentamente a história da família Mann, com o subtítulo "Decadência de uma Família", que se estendeu por quatro gerações. O ponto central era o secretário de Estado Thomas Buddenbrook, amplamente baseado no pai de Thomas Mann, Thomas Johann Heinrich.

Entre os convidados, a maioria era formada por músicos e pintores, mas com o tempo, e sua participação, pensou ele, escritores e literatos também poderiam ser atraídos a essa esplêndida residência, alavancando, assim, sua iniciante carreira literária.

Reação do quinto pierrô

MUITO SATISFEITO, CONTINUOU DESENVOLVENDO SEU CONTO de fadas em relação a Katia, que agora chamaria de "sua princesa", já que desde a infância Thomas sempre brincara com a ideia de ser um príncipe. Um dia, o príncipe tímido criou coragem, e expôs suas ideias românticas à princesa.

Mas, mesmo nos contos de fadas, há sempre algum duende malvado que não deixa a história rolar como o príncipe gostaria.

Lemos no único livro deixado por Katia, que assim ela se manifestou:

> Tinha vinte anos e sentia-me muito bem e feliz comigo mesma, e também com meus estudos, meus irmãos, o clube de tênis e com tudo; estava contente e realmente não sabia por que deveria largar tudo tão rápido.[40]

Sendo mulher decidida, impôs uma série de objeções, além do curso de matemática e física. Disse que precisava de tempo para pensar no assunto, e decidiu tirar umas férias para poder adiar sua decisão.

Enquanto isso, Thomas chegou até a consultar um psicólogo e neurologista para tentar entender a rejeição de Katia.

Na família dela, sua mãe sempre aprovou a escolha de Thomas. Já a avó, Hedwig Dohm, respeitada figura dos direitos da mulher e "uma das defensoras mais importantes do movimento feminista burguês da primeira metade do século XIX", discordou imediatamente.[41]

Tendo sido a primeira mulher a lutar contra a opressão feminina, tornando-se "figura determinante do movimento feminista", obviamente não podia aceitar que sua neta universitária, com uma brilhante carreira pela frente, fosse interrompê-la para trilhar o monótono e tradicional caminho de esposa, mãe, provedora e educadora.

Para sua querida filha única, o pai Alfred sonhava com um banqueiro, um advogado ou pelo menos um ilustre professor como ele. Mas um escritor?

— Você morrerá de fome, minha querida — disse à filha, quando esta voltou da faculdade uma tarde.

Foi a gota d'água. Katia, que não estava nem um pouco entusiasmada com a ideia de casar-se tão jovem, pôde usar a rejeição do pai como mais um fator contra seu pretendente, o qual ela e os irmãos haviam batizado de "professor de equitação doente de fígado" por sua palidez, sua magreza, seu bigode e suas maneiras sempre certinhas.

As origens da família de Katia

Rudolf Pringsheim (1821-1901) e Paula Deutschmann (1827-1909), avós paternos de Katia, eram judeus, oriundos da Silésia, região com ricas minas de carvão, sob o domínio de Frederico II da Prússia. Com a unificação da Alemanha em 1871, a província da Silésia tornou-se parte do Reich Alemão, restando uma pequena parte sob o Império Austro-Húngaro.

Lá, na cidade de Oppeln, tinham enriquecido com sua cervejaria.

Alfred, pai de Katia, filho de Rudolf Pringsheim e Paula Deutschmann, já mencionados, cujo nome completo tinha sido Alfred Israel Pringsheim, era herdeiro de uma empresa ferroviária, a qual havia acumulado fortuna com a exploração de minas e construção de estradas de ferro.

Em razão da pouca tolerância aos judeus, a qual variava segundo o governante e a época, seu pai Rudolf converteu-se ao protestantismo, como forma de lidar com a intolerância religiosa e, assim, facilitar a vida de seus filhos.

Procedendo dessa forma, romperam-se aos poucos os laços que mantiveram famílias judaicas coesas em suas comunidades de origem, por séculos a fio. Alfred, que fora batizado quando criança, sentiu profundamente esse rompimento. Mais tarde, já adulto, condizente com o mundo acadêmico ao qual pertencia, distanciou-se dessa bagagem religiosa, a tal ponto, que ela já não lhe dizia mais nada.

No início do namoro, quando Julia ouviu falar da ascendência judaica da nora, pela primeira vez ficou deveras preocupada. Nunca havia adentrado uma sinagoga, e a ideia de que o casamento pudesse ser realizado num templo de costumes tão diferentes dos seus a deixou muito constrangida.

A persistência vence

Quando Katia finalmente consentiu em desposar Thomas Mann, seu pai, Alfred, tomou a decisão de não fazer cerimônia alguma na igreja, para não ofender velhos amigos que permaneceram judeus. Como na sinagoga também não poderia ser celebrado um casamento de noivos não pertencentes ao judaísmo, a questão religiosa foi eliminada pura e simplesmente, já que Alfred se considerava ateu, e Katia concordou com ele.

Mas nem todos pensavam dessa forma. A decisão praticamente unilateral, de Alfred e Katia de não realizar cerimônia religiosa nenhuma, foi para Julia novo motivo de grande desgosto.

Desde a infância, quando chegara a Lübeck com sete anos de idade, sempre havia levado a religião muito a sério, tanto sua fé católica como a protestante, assumida na adolescência.

Não sacramentar o enlace numa cerimônia religiosa, para ela, era sinônimo da falta de um verdadeiro compromisso matrimonial, o que significava, a seu ver, que seu adorado Thomas e Katia viveriam em concubinato.

Além do abalo emocional, essa decisão unilateral de Alfred e Katia trouxe consigo a intuição de que as coisas "não seriam mais como d'antes". Com a entrada de novos membros na família, os padrões de comportamento sofreriam uma reviravolta, e Julia percebeu que não seria mais ela a ditar as regras do jogo dali para a frente.

Para Julia, viúva e órfã desde a infância, o sentimento de amargura foi profundo, também pelo fato de que faltava-lhe alguém com quem compartilhar essa dor. Trocava muitas cartas com Heinrich, o qual, solteiro, estava mais disponível. Numa delas, escreveu:

> Se pudessem me garantir que *depois* do casamento tudo ficaria bem; e que não exigiriam responsabilidade demais de T. ...Ah, Heinrich, *nunca* concordei com esta opção, ainda que Katia seja pessoalmente muito amável comigo... mas se Tommy estivesse livre outra vez (ou melhor, o coração dele!) acho que sentiria um grande alívio. Meu querido e bom Tommy, penso tanto nele.[42]

Mesmo amargurada, Julia arregaçou as mangas para apresentar um belo presente significativo aos noivos. Naturalmente, queria que os filhos levassem consigo objetos de família, e o faqueiro de prata completo para doze pessoas, de Lübeck, pareceu-lhe uma boa opção. Mandou consertar e lustrar os cabos de osso, mas o estojo estava velho demais.

Em cima da mesa, viu uma antiga caixa de documentos com o brasão dos Mann, que transmitiria justamente a aparência elegante que Julia desejava dar ao seu presente. Se os Pringsheim eram muito sofisticados, a família do senador nos áureos tempos também fizera parte da elite, pensou Julia orgulhosamente.

Com mais uma viagem a Munique, providenciou a reforma da antiga caixa e conseguiu transformá-la num belíssimo estojo para o faqueiro de prata. Quando o mostrou a Thomas, percebeu com alegria que o presente o agradara de fato. Disse então à mãe:

— Pensaremos na senhora todos os dias quando estivermos à mesa. — E tomando a mão de sua mãe, como na infância, aqueceu-lhe o coração.

E como toda mãe que deduz o afastamento de um filho após o casamento, sorriu com a ideia de poder estar próxima, mesmo à distância.

Cartas reveladoras

Nas cartas dirigidas a Heinrich entre 1904-1905, sente-se sutilmente o tom antagônico que começou a surgir entre sogra e nora.[43] Julia, que sonhara com uma nova filha com forte sentimento familiar, e mais caseira que Lula e Carla, logo percebeu o gênio autoritário que habitava em Katia Pringsheim. Criada no seio de uma família pertencente à camada mais elegante e sofisticada de Munique, não poderia deixar de ser também muito mimada.

Julia se preocupava que, ao se aproximar dessa nova família, Thomas se distanciasse do estilo de sua criação, bem mais simples e pouco sofisticado.

Sim, os Pringsheim eram uma família muito unida, mas o forte sentimento familiar de Katia só trafegava por mão única, isto é, a família dela. E assim, aos poucos, Julia viu desmoronarem os planos que havia tecido em torno da futura esposa de Thomas, seu filho adorado.

Em outra correspondência com Heinrich (1905), ela expôs o maior de seus dilemas. Por que Thomas havia escolhido justamente Katia, de uma família tão aristocrática, com tantas moças mais simples, que certamente o amariam mais do que ela?

Acreditava que seu filho Thomas precisava de uma mulher mais feminina e carinhosa, atributos que certamente não eram o forte de sua futura nora. Como várias mães deste mundo, achava que ela, sim, era quem sabia o que seu filho precisava.

Convém lembrar que Thomas, sendo homossexual, mesmo não declarado, não procurava uma mulher feminina, como sua mãe. Além do mais, não era carinho que ele buscava em "sua princesa", e, sim, uma posição social que o levaria aonde queria chegar como autor e intelectual. Diferentemente de seu irmão Heinrich, exaltado e apaixonado, Thomas era um frio calculista; não entrava numa jogada sem antes medir os prós e os contras. E quando entrava... era para ganhar.

Uma observação mais profunda das cartas desse período revela também a personalidade materna e prestativa de Julia, sempre ligada aos filhos e suas necessidades. Percebe-se um interesse crescente em acompanhar as obras novas de Heinrich e Thomas, tanto os romances, como as peças teatrais, e mais tarde participando, como podia, na vida dos dez netos que teve a alegria de conhecer.

Longe de deduzir a vocação de mulher mundana e aventureira, que muitos críticos lhe atribuíram, percebe-se a índole carinhosa de uma mãe realmente dedicada a seus filhos e filhas.

O fato em si, de que não procurou um novo parceiro, quando já era viúva há treze anos, leva-nos a pensar que o sexo oposto não era de fato primordial na sua escala de valores. Tampouco se envolveu em aventuras, quando estava livre para fazê-lo, tivesse sido essa a índole de sua personalidade.

Depois dos quarenta anos, Julia queria ser, e foi, uma figura materna e exemplar, dividindo até o último centavo dos juros da herança que recebia mensalmente de Lübeck.

Nova moradia para Julia

EM 1904, JULIA LEU NUM JORNAL QUE: "ATUALMENTE MUITAS atrocidades e malvadezas têm sido cometidas a pessoas que moram só". Talvez também a questão da segurança a tenha levado à ideia de mudar-se para uma pensão.

Havia outros fatores também.

Lula já era mãe de família, e a carreira teatral de Carla a tinha afastado da casa materna havia quatro anos. Agora que só restava Viktor, não fazia sentido continuar numa casa que abrigara os três mais jovens, além dos filhos adultos nas férias e feriados. Ademais, o aluguel de uma casa com cozinheira na cidade custava mais do que os juros que ela recebia de herança.

Como já passava o verão em Polling no campo, onde Viktor adorava ficar, desistir de uma casa na cidade dispensaria o salário da empregada.

Primeiro considerou o aluguel de dois quartos apenas, e mobiliá-los com as peças provenientes da casa na Beckergrube, em Lübeck. Curiosamente, o segundo quarto seria sempre para Heinrich ou Thomas. E Carla?

Por que não mencionava a possibilidade de a filha passar uns tempos com ela? Seria por que já se cansara de convidá-la e nunca recebera respostas positivas? Ou pela amargura que sentia pela falta de solidariedade da filha com ela própria, sozinha e viúva?

Quem saberá?

Em vez disso, sentimos sua preocupação com o tamanho dos móveis mais antigos, em relação à área dos quartos a serem alugados, assim como se Heinrich estaria bem acomodado num quarto pequeno.

O tema da nova moradia teve uma variante levantada por Thomas, numa tentativa de ajudá-la a alugar uma casa maior na cidade, em que os três dividiriam as despesas. Não passou de uma doce ilusão.

A menção de sua tosse e reumatismo, temas sempre recorrentes no fim do inverno, a faziam sonhar poder passar parte do inverno com os filhos na Itália, para a qual Heinrich a havia convidado mais de uma vez.

De início recusara porque Vicco era pequeno, depois, talvez por medo de incomodá-los, Julia nunca levou esses convites a sério, perdendo, assim, a oportunidade de compartilhar a suprema emoção de Thomas e Heinrich quando entraram em contato com o mundo latino do Mediterrâneo, não igual, mas parecido com aquele da infância de sua mãe.

Em janeiro de 1905, alguns dias antes da data marcada para o casamento, Julia estava agitada e temerosa pela felicidade do seu querido Tommy.

Nessa data, há uma carta na qual ela havia novamente implorado pela presença de Heinrich no casamento do irmão. Não adiantou. Heinrich, surpreso e irado com essa tentativa de escalada social, que seu irmão, autor de *Os Buddenbrook*, havia menosprezado com tanto rigor, repetiu enfaticamente que sua decisão era irrevogável.

Mais adiante falaremos sobre os caracteres antagônicos dos dois irmãos.

Casamento

NA MADRUGADA DO DIA 11 DE FEVEREIRO DE 1905, GRANDE parte de Munique e seus arredores cobriu-se de neve. Com frio e agitada, Julia não dormiu quase nada. Em meio a seu pessimismo, tentara se acalmar pensando que Thomas estava prestes a entrar numa grande família muito unida, a qual, com um pouco de esforço, poderia tornar-se sua também. *Talvez fosse um dia promissor*, pensou. *Não devo ficar tão angustiada, mesmo se Heinrich não vier.*

Vestiu-se bem cedo com o mesmo vestido lilás do casamento de Lula e Löhr, ora tingido de preto. Satisfeita com sua aparência fina e distinta, foi acordar o caçula, agora com catorze anos.

Vicco amanheceu animado. Lembrava da maravilhosa recepção nas bodas de sua irmã Lula, e do delicioso champanhe francês que lá fora servido. Agora, não precisaria mais beber às escondidas.

Elegante em sua roupa nova, tomou o braço da mãe como um cavalheiro, e juntos partiram para a estação ferroviária.

Quando o trem se aproximou de Munique, Julia foi logo olhando pela janelinha. Queria ser a primeira a cumprimentar aqueles representantes da família Pringsheim que, certamente, estariam na estação quando ela e Vicco chegassem.

Mas... apenas Thomas fora apanhá-los.

Percebendo o mal-estar da mãe, Thomas lhe ofereceu uma desculpa por parte dos sogros, os quais mandaram dizer que estavam muito ocupados com os preparativos.

Julia tentou dissimular seus pensamentos. Teriam os Pringsheim se portado dessa forma se seu marido, o senador e importante personalidade de Lübeck, estivesse vivo ao lado dela? Por que Thomas aceitava qualquer comportamento vindo do lado deles, sem reagir?

Mas, sabiamente, não os compartilhou, mantendo-se à altura da situação.

Imaginando que as mulheres Pringsheim estariam muito atarefadas, Julia havia pedido para estar com Katia e sua mãe, Gertrude Hedwig, algumas horas antes do casamento.

Como combinado, ambas a aguardavam no apartamento novinho dos noivos, resplandecente, com lindas obras de arte, além de uma novidade: telefone e luz elétrica em todos os aposentos. Thomas lhe havia relatado que Katia e o pai Alfred haviam escolhido tudo sem consultá-lo para peça alguma.

Afinal, quem é que vivia no mundo elegante das artes e do luxo?

Novamente, Julia observara com rancor o quanto Thomas estava disposto a se rebaixar para agradar a sua noiva. Temia que essa atitude esnobe dos Pringsheim pusesse em perigo a felicidade de seu filho, educado com mais simplicidade e menos ênfase na superioridade financeira.

Tampouco tinha esquecido que o lencinho ricamente bordado, confeccionado para Katia, ou seu fino cartão de Boas Festas para a família Pringsheim nunca foram mencionados, e muito menos agradecidos.

Na sala de jantar, a mesa estava posta com talheres de ouro, reluzentes como num conto de fadas. Julia ficou surpresa; onde estariam aqueles de prata, da casa Mann de Lübeck, que ela havia reformado com certo sacrifício?

Tensa, não proferiu palavra.

Katia, muito esperta, tentou amenizar a situação:

— Sabe, sra. Julia, o seu presente ficará para uso diário, pois é um jogo usado e é apenas para doze... — E apontando para uma elegante cômoda que estava aberta, continuou. — Veja, aí dentro estão os demais talheres do jogo em ouro, novinho, para vinte e quatro, que acabamos de ganhar dos meus avós Pringsheim.

Se fosse possível, Julia teria desaparecido por baixo de um dos tantos tapetes persas que havia na sala, tão arrasada ficou com esse comentário de sua nora.

Mas por amor ao filho, que não estava presente naquele momento, continuou impassível. Novamente sentiu-se traída, desta vez pelo filho que tanto amava. Desolada e muito emotiva, depois de uma manhã de tanta mágoa, segurava suas lágrimas para depois da festa.

A cerimônia de casamento seria realizada na magnífica residência dos pais, na Arcis Strasse, para onde os parentes começaram a afluir.

Um jardim de orquídeas brancas e lírios os aguardava. No dia do casamento de sua única filha mulher, entre quadros assinados por grandes pintores da época — como Hans Thomas, Friedrich von Kaulbach e Franz von Lenbach[44] —, a riqueza dos objetos de arte, sem falar dos móveis de estilo autênticos, a bela mansão dos Pringsheim havia se transformado na majestosa entrada de um castelo, que aguardava a chegada da princesa e seu príncipe.

A noiva se apresentou com um vestido de seda branca com pontas e uma coroa de mirto sem véu. Segundo ela, o véu lhe lembrava um animal prestes a ser abatido. Fria, sem demonstrar emoção alguma, distribuía aqueles sorrisos dissimulados como faz a maioria dos bem-nascidos de sua classe, com aquela pátina de falsa alegria, simplesmente para *épater lês bourgeois*.

Katia não tinha traços bonitos, mas sabia se fazer notar, fosse pelo seu porte decidido, pela sua cultura e inteligência acima do normal, ou, sobretudo, por pertencer a uma elite sonhada e invejada por muitos.

Bonita mesmo era sua mãe, Gertrude Hedwig, que havia sido atriz por um breve período antes do casamento.

Durante a cerimônia, Julia, que tudo observava atentamente, percebeu a visível emoção de Klaus, irmão gêmeo de Katia, ao procurar se comunicar com a irmã pelo olhar, enquanto o pai Alfred segurou a mão de sua filha o tempo todo.

Na recepção foi apresentada a dezenas de pessoas da alta roda de Munique. Afinal, a mãe do noivo não poderia ser ignorada, mas sensível como era, sentia que não tornaria a ver a maioria delas. Tampouco sentiu o desejo genuíno, por parte dos Pringsheim, de querer fazê-la entrar na nova família.

Intuía também que esse mundo elegante e sofisticado, ao qual seu filho ambicioso desejava pertencer, nunca se tornaria o seu.

Mais de uma vez, ouviu os familiares falarem da "despedida" de Katia. *Estranho*, pensou, lembrando que o novo apartamento do jovem casal ficava no mesmo quarteirão que a mansão dos Pringsheim. Katia continuaria podendo ver sua mãe todos os dias, além de poder se comunicar também por telefone. Para Julia, essa era a maior das riquezas.

Escutou também Klaus, o irmão músico, falar com entusiasmo de um novo concerto para piano e orquestra cuja première ouvira em Frankfurt havia poucos anos. Curiosa, aproximou-se do grupo de músicos, onde foi revelado o nome do compositor, um russo, chamado Sergei Rachmaninoff. Julia fez dessa informação um tesouro, iria atrás da partitura, e se apaixonaria por essa obra-prima carregada de melancolia e emoção.[45]

Julia leria a biografia do menino Sergei que, tal como ela, após ter se encantado com os sinos da catedral onde ia com sua avó, sofreu uma mudança repentina na infância, tendo que deixar a vila de seus pais, em meio a um bosque maravilhoso, e mudar-se para São Petersburgo, onde uma rotina muito puxada de estudos musicais o atormentou por vários anos. Sergei fugia das aulas e ia patinar no gelo, sendo depois castigado. Julia sentiu-se atraída por esse compositor que sofreu vários reveses na infância, parecidos com os dela. A melancolia da música de Sergei conseguia acalmá-la através da identificação com vários episódios da vida do grande compositor. Procurou as partituras e começou a tocá-las.

Houve outra feliz exceção. Hedwig Dohm, a avó materna de Katia, e figura determinante do movimento feminista burguês do século XIX, encantou-se com a coragem de Julia ao ter se transferido sozinha para Munique com três crianças, das quais o caçula tinha apenas três anos de idade.

Julia se interessou pelos livros publicados por Hedwig[46], especialmente por *Sibilla Dalmar*, que abordava o relacionamento da autora com sua filha (mãe de Katia). Compartilharam o desejo de denúncia contra a opressão da mulher, as injustiças das relações patriarcais, e o espírito oposicionista, único traço da avó Hedwig herdado pela neta Katia Pringsheim.

Chegara a hora do brinde. Depois dos donos da casa, foi a vez de Thomas, o novo membro da família, o bem-sucedido autor de *Os Buddenbrook*.

Elegante e orgulhoso por ter triunfado, Thomas ergueu a taça de champanhe e mencionou sua gratidão a todos os Pringsheim, pais, avós, tios, irmãos e, naturalmente, à sua princesa Katia. Não se esqueceu nem dos lendários antecessores de Alfred, Rudolf e sua esposa Paula, que haviam construído a grande fortuna da família.

Mas seu saudoso pai, Thomas Johann Heinrich, Julia e Viktor, ali presentes... nem sequer foram mencionados.

Julia sentiu-se quase desvanecer.

Vaidoso, Thomas, prestes a retornar ao seu lugar, nem percebeu, ou nem quis perceber, que sua mãe ficara muito pálida. Viktor, ao seu lado, também visivelmente chocado, tomou a mão de sua mãe e disse-lhe:

— Mamãe, vamos embora.

Lá fora, Julia desatou a chorar.

Soluçou durante toda a viagem de volta a Polling, interrompendo-se apenas para retomar o fôlego e perguntar-se: "Por que Thomas fez isso conosco?"

— Agora — murmurou amargamente —, para Thomas só existem os Pringsheim.

E por mais que Vicco tentasse persuadi-la do contrário, Julia não conseguia parar de chorar.

De volta ao campo, saiu para caminhar um pouco, chegando até a colina que a havia impressionado desde os primórdios, quando visitou Polling pela primeira vez.

Ficou parada longamente pensando "nos velhos tempos", quando nenhum filho era casado e ela tinha a sensação de que eles ainda lhe "pertenciam".

Percebeu que algo se alterava profundamente nas relações entre ela e Thomas. Os valores dele haviam se transformado, como ela já notara no início de seu relacionamento com Katia Pringsheim.

Pensando bem, Lübeck, com todos os seus defeitos, havia dado uma base sólida à sua família, da qual esta agora parecia estar se distanciando.

Quem seria agora o esteio da família capaz de manter a coesão de outrora?

Sozinha, sentia que não tinha a capacidade de segurar as rédeas.

Pela primeira vez, intuiu que talvez fosse esse o temor de seu saudoso marido ao morrer.

Preocupada, resolveu que comentaria com Heinrich na próxima carta, pensou, retomando lentamente o caminho de volta.

Novidades chegando

Em 1901, nasceu Eva Maria, filha de Lula e Josef Löhr, a primeira neta de Julia.

Quatro anos mais tarde, tornou-se avó de Erika, primeira filha de Thomas e Katia Mann. Feliz por um lado, mas hesitante por outro, vestiu-se toda elegante e partiu para Munique uma semana após o parto penoso de Katia, que durou quarenta horas. O animado clã dos Pringsheim estava quase todo reunido, mas logo Julia notou a ausência da avó feminista, Hedwig Dohm. Achou estranho. Informou-se e ficou sabendo que a avó havia chamado seu filho Thomas de "velho antifeminista desgraçado" quando chegou aos seus ouvidos que ele teria preferido um menino, "já que uma menina não acarretaria nada de muito sério". A avó Hedwig parece ter ficado tão indignada com o comentário de Thomas que reagiu de forma violenta.[47] Para não criar caso, Julia, também indignada, preferiu calar-se.

Difícil de acreditar, mas Katia também ficou aborrecida por Erika não ter sido homem. No entanto, com o tempo, Erika tornou-se não apenas a preferida de seu pai, como também o braço direito de ambos, quando adulta.

Quando Klaus, o segundo filho de Katia e Thomas, nasceu, a irmãzinha Erika tinha apenas um ano. Tendo muitas horas disponíveis, Julia se ofereceu carinhosamente para ficar com os netos de vez em quando, mas seu pedido não foi bem-aceito; para sua nora, havia babás para isso.

Além de ganhar três netos, nessa década Julia pôde compartilhar o grande sucesso de Heinrich com as obras *Professor Unrat* (1905) *ou O fim de um tirano* e *Zwischen den Rassen (Entre as raças*, 1907). O primeiro era quase uma vingança contra um professor do Katharineum, que perseguiu e atormentou vários alunos. *Entre as raças* trata das grandes diferenças sociais observadas por ele na Itália. Especificamente, refere-se às implicações políticas do autoritarismo prussiano e a consequente falta de democracia no

Império Alemão, diferentes da experiência vivida na Itália, onde sentiu um verdadeiro espírito livre e mais democrático.

Thomas concebeu a novela *Morte em Veneza* durante uma estadia no Lido de Veneza, publicada em 1912.

Julia também acompanhou o progresso do caçula, que em breve teria que prestar serviço militar. O tempo passou, Viktor amadureceu, arrumou sua primeira namorada; e dali a pouco o ninho iria se esvaziar de verdade.

E Carla tinha uma grande novidade; seu namorado lhe comunicou que a achava: "A mulher mais bela, mais elegante e mais graciosa de Mulhouse".

Em 1908, no auge de sua breve carreira teatral, seu futuro noivo, Arthur Gibo, a descrevera como *"la femme la plus jolie, la plus chic, e la plus gracieuse de Mulhouse"*, uma pequena cidade ao sul de Leipzig, onde Carla havia obtido certo sucesso.[48]

Julia estava satisfeita; os filhos iam trilhando seus caminhos; aparentemente, reinava certa calma.

Carla na encruzilhada

MAS COMEÇOU A DIMINUIR A CHAMADA PARA NOVOS PAPÉIS, e Carla sentiu-se desnorteada quanto ao significado de uma carreira teatral. Ser artista, na época, não era considerado uma escolha para mulheres sérias. Thérèse, a diretora do pensionato, já havia advertido sua mãe Julia quando jovem.

A mãe e a avó de Katia foram raros exemplos de mulheres que obtiveram certo sucesso profissional, mas não consta que a mãe de Katia fosse apaixonada pelo teatro; contentou-se em desempenhar algum papel secundário por brevíssimo tempo, até encontrar um bom marido. A avó Hedwig foi uma conceituada escritora no campo dos direitos femininos, atividade que não a expunha ao público como a de atriz.

Como muitas mulheres de seu tempo, Carla não encontrava uma saída para o novo dilema.[49]

A opção de tornar-se mãe e dona de casa lhe era abominável. Queria ser famosa como seus irmãos escritores, e idolatrada como diva do teatro.

Mas onde encontrar modelos de mulheres que não eram apenas mães de família?

Sua mãe, Julia, não tinha resolvido esse dilema de forma plenamente satisfatória, mas pelo menos tinha a música e a alegria que o ambiente de seus saraus lhe proporcionara. Lula, a irmã, nem isso.

A confusão amorosa

Gibo deveria se tornar noivo da bela artista promissora que era Carla. Vaidosíssima, ela começou a adquirir roupas sempre mais caras, até contrair dívidas. Parece que o total chegou a quarenta e três mil marcos (correspondia aproximadamente à décima parte do montante que Julia deveria ter recebido como herança).

Surgiram mexericos de uma possível dívida que contraíra com seu futuro noivo. A futura sogra, que já era contra esse relacionamento, aproveitou para difamar Carla mais ainda, e pôs em dúvida se Carla realmente tinha abandonado o antigo parceiro, Fred, comerciante riquíssimo.

Já mencionamos a angústia na qual Carla mergulhara após as indiscrições cometidas por Heinrich, ao transcrever trechos de suas cartas íntimas na peça teatral *Die Schauspielerin* (*A atriz*), na época, em cartaz em Munique.

Bastante deprimida, quando surgiram críticas referentes ao seu desempenho teatral, Carla sentiu-se abandonada à própria sorte. Lembrou-se do veneno letal fornecido por Fred sob condições nunca reveladas. Pediu a Heinrich que fosse encontrá-la urgentemente.

Chamado não atendido

JULIA, MUITO PREOCUPADA, CHAMOU-A PARA PASSAR ALGUNS dias no campo. Intuía, como toda boa mãe, que sua filha enfrentava dificuldades, e tinha esperança de que a tranquilidade do ambiente campestre pudesse ajudá-la a refletir melhor.

Foi uma das poucas vezes que Carla foi visitar a mãe em Polling, um velho sonho de Julia que finalmente se realizava. Heinrich deveria ter se unido a elas, conforme Carla havia lhe implorado, mas, envolvido com a estreia de uma nova peça, não compareceu, esquecendo-se do papel de protetor que havia assumido perante ela, desde a morte do pai deles.

Desenganada pelo amante, denegrida pela crítica, atolada em dívidas, criticada pela futura sogra e sem a presença do irmão para protegê-la, Carla se apavorou com a ideia de que o noivo pudesse aparecer a qualquer momento.

Ouviu-se o bater da grande porta maciça de entrada.
Gibo chegou furioso, cobrando explicações.
Carla ficou desesperada, perdeu a cabeça.
Passou pela mãe tal como uma presa amedrontada, como a nuvem sombria, revolta antes do vendaval.
Julia tentou segurá-la. Chamou-a estarrecida; estremeceu ao imaginar o impensável.
Mas já era tarde.
Carla se trancara em seu quarto, onde ocultava o veneno fornecido pelo amante.
Julia perdeu a respiração; não sentia mais nada e desfaleceu sobre o sofá.

Ao reaver a consciência, depois de um curto sono mortal, chamou por socorro. Um médico certamente poderia salvá-la, pensava em seu delírio. Queria crer que não houvesse morrido. A pequena criatura, a qual ela dera à luz, certamente acordaria mais tarde.
Tentou orar, suplicando a Deus que a perdoasse.
Mas sentiu-se totalmente aniquilada.
Depois, muito depois, seu ser silenciou. Somente a dor profunda daquela agulha ferindo sua alma, cada vez que retomava a consciência.
Era como se seus sentidos tivessem morrido também, com a alma de Carla, que Julia abrigara por certo

tempo. Ora esse tempo terminara. Restava aquele vazio silencioso, interrompido apenas por suas lágrimas, e o remorso.

Para acalmar-se, indagava:

— Onde estaria Carla agora? No inferno dos últimos tempos, ou havia esperança que sua alma sofrida se encaminhava ao reino dos céus?

Aos poucos foi se dando conta de que truncara-se seu destino.

Carla partira para sempre.

E desse dia em diante, a tristeza se tornou sua companheira inseparável.

Tristeza, culpa e remorso

HEINRICH FOI O QUE MAIS SENTIU A MORTE DA IRMÃ. Certamente fora o mais próximo a ela. Sua alma sensível o aproximou da mãe naquele momento tão trágico. Choraram juntos, abraçados, por um longo espaço, enquanto os olhos de Julia permaneceram fixos naquele pálido rosto, naqueles olhos outrora expressivos, que não olhavam, nem veriam mais nada.

Ele soluçava desesperado, como se fosse seu pai, do qual Julia nunca havia sentido tanta falta como agora.

Mesmo na velhice, Heinrich ainda sentia remorso. Sentiu-se inconsolável pela sua falta de solidariedade quando Carla mais precisou de seu apoio.[50]

Thomas cuidou de todos os arranjos para o sepultamento. Julia suplicou para ser enterrada junto a ela, quando chegasse sua vez, o que ele prometeu e cumpriu.

Lula, a filha mais velha, não conseguiu oferecer qualquer palavra de consolo. Fazia tempo que criticava a mãe por ter deixado Carla seguir a carreira que ela mesma havia almejado. Trancara-se na infelicidade de sua vida matrimonial, incapaz de enxergar o que se passava ao seu redor.

Com Viktor, que teve a presença da mãe só para si por quase dezoito anos, haviam compartilhado anos de intenso companheirismo. Bastava um olhar apenas para que ele captasse o estado de ânimo de sua adorada mãe. Durante essa tragédia, soube retribuir-lhe todo o amor e a compreensão que tinha dentro de si.

Os demais se limitaram a falar dos erros cometidos, em que era sempre possível perceber o tom acusatório. Uma vizinha, admiradora dos romances de Heinrich e Thomas, foi muito compreensiva. Mas só uma.

Tia Elisabeth viajou desde Lübeck até Munique, e de lá para Polling, confortando-a no momento mais amargo de sua vida. Mais afetiva que uma irmã, conseguiu ajudá-la a perceber que a culpa não era sua. Seu carinho foi um grande sustento.

Mesmo assim, sua esperança de ver Carla triunfar nos palcos se desfez em ruínas. E o laço seguro, indestrutível, de duração eterna, que prende a cria à mãe para sempre, rompera-se.

Retomando a vida

Com o coração dilacerado, Julia tentou retornar por aquelas veredas campestres onde despontavam antigas fazendas que tanto amava, mas nada a atraía. Não conseguia sentir o perfume dos campos; o mundo perdera seu encanto. Parecia-lhe que tudo fora contaminado pela morte, e ela já não era mais a mesma pessoa. Contemplou o pasto, onde jovens bezerros mamavam realizados nos úberes de suas mães, mas comoveu-se e chorou inconsolavelmente.

Caminhou até a capela do velho mosteiro e ouviu os sinos. Recordou-se daqueles da Marienkirche em Lübeck, quando o pequeno Heinrich dormia o sono dos anjos, apesar das fortes badaladas. Aquele som musical lhe havia restituído a força para continuar acreditando que um dia voltaria a tocar.

Ficou pensativa e observou a relva atentamente.

Enxugando as lágrimas, percebeu que algo brotava. Nem tudo havia morrido.

Restavam-lhe quatro filhos, que também lutavam para lidar com o vazio que ficara, uma "ausência quase palpável". Era preciso se libertar da dor da perda.

Aos poucos compreendeu a importância de abandonar o pesadelo da culpa infindável, que a deixaria despedaçada, talvez enlouquecida, e a levaria à morte prematura. Então por amor a eles, corajosamente, escolheu a vida, apesar do sofrimento inicial que tal decisão possa ter lhe acarretado.

Uma noiva para Heinrich

Julia sempre manteve ampla correspondência com Heinrich e outros familiares; agora era também uma forma de lidar com o grande vazio que sentia.

Continuava preocupada porque Heinrich não tinha conseguido encontrar uma companheira do seu nível. Nas cartas, ela o exortava a procurar mulheres mais finas, que não fossem oriundas dos bordéis que frequentava.

Parece que suas preces surtiram efeito, pois em 1912 Heinrich conheceu a atriz Maria Kanová, (Mimi) de Praga, com a qual se casaria em 1914. Com o semblante parecido ao de Carla, Mimi deve ter ajudado o marido a superar a morte da irmã.

Se de um lado essa notícia deixou Julia mais tranquila, por outro, teria que se conformar com o falecimento de sua irmã Mana, de apenas quarenta e sete anos. A bem da verdade, elas se viam raramente depois que Julia se transferiu para Munique, e ambas lamentavam muito essa distância que aumentara entre elas.

Mas essa perda teve um significado mais profundo; representou o último elo com as lembranças inesquecíveis, compartilhadas na longínqua infância em Paraty. Havendo perdido o elo com os irmãos fazia tempo, Julia sentiu-se envolta num manto de tristeza e solidão, pois seu desamparo trouxe à tona o sofrimento vivido há apenas quatro anos, com a tragédia de Carla. Eram dias sombrios. Perguntou-se até quando continuaria sendo perseguida pelo trauma da morte. Chegou a pensar que seria seu fim também, mas dominou-se.

Sopram ventos de guerra

Toda a Europa vivia tempos sombrios.

"Na Alemanha, havia uma tensão crescente entre os interesses de grupos distintos. Não era apenas uma rixa de classes, entre ricos e pobres, ou entre aristocratas, burgueses e a classe trabalhadora. Agora havia tensão também entre protestantes e católicos, entre prussianos (Alemães do Norte) e bávaros (os do Sul), entre funcionários de escritório e os da indústria, entre os que eram a favor das convenções da cultura oficial, como Thomas Mann, e os que preferiam a nova cultura mais avançada, como seu irmão Heinrich.

"Esse clima antagônico era contrabalançado pela força unificadora do novo nacionalismo. Anteriormente à unificação, a meta havia sido a união nacional, concentrando-se apenas na Alemanha. Esse novo nacionalismo começou a dirigir sua atenção para o lugar da Alemanha entre as nações. Surgia do sentimento de estar entre as nações mais poderosas e respeitadas. Floresceu e tornou-se muito mais forte na véspera da Primeira Guerra Mundial.

"Como em outros lugares da Europa, no fim do século XIX, esse novo nacionalismo era composto de algo mais que o simples orgulho nacional. Essa foi também a era do imperialismo, da crescente competição entre as potências europeias, para assegurar-se uma parcela das possessões coloniais existentes na África e demais continentes. Crescia um sentimento de medo entre os nacionalistas alemães de que a Alemanha pudesse ser excluída por forças rivais, como a França e a Inglaterra, de conseguir tornar-se um império colonial.

"Fundaram-se sociedades nacionalistas alemãs que proclamavam de forma agressiva a superioridade cultural alemã sobre as demais nações. O estilo hiperativo e intrometido da política externa alemã começou a provocar uma desconfiança generalizada.

"Havia um sentido palpável de crise por toda a Europa. E enquanto todas as grandes potências professavam um desejo de paz, todas se preparavam para a guerra."[51]

Heinrich e Thomas: "polos opostos"

AS FORTES DIFERENÇAS DE CARÁTER ENTRE OS IRMÃOS MANN foram mencionadas na primeira parte deste livro.*

* Veja o capítulo "Temperamentos diferentes".

Aí encontra-se também a expressão "polos opostos", que mostra precisamente as visões contrastantes de Heinrich e Thomas em relação à Alemanha em geral, e especificamente na iminência da Primeira Grande Guerra.

Thomas, um respeitado escritor e intelectual da alta burguesia alemã, acolheu com agrado a entrada da Alemanha na guerra e tomava-se por patriota, como Julia, defendendo a política do Kaiser Guilherme II, em oposição direta a Heinrich, postado ao lado da França. Thomas chegou a penhorar sua casa de campo em 1917, a favor do esforço da guerra.

Heinrich, boêmio, conceituado dramaturgo e escritor socialmente comprometido, era antes um idealista, para quem a função do escritor era ser a consciência da nação. Para ele, a arte tinha uma função social, cujo foco principal era a educação do povo alemão para que se tornasse uma nação de cidadãos responsáveis. Preocupado com o conceito de democracia, foi Heinrich quem lhe atribuiu o conteúdo político concreto, incluindo os direitos humanos e a igualdade das massas de início. A importância de manter os valores democráticos lhe era tão cara que estava disposto até a comprometer seu padrão artístico.

Talvez sem a visão sofisticada das complexidades da sociedade industrial moderna, sua ideia bem desenvolvida da democracia, mesmo assim, evoluiu até chegar a antecipar as democracias do pós-guerra da Europa Ocidental.[52]

Para Julia, saber que seus dois filhos não se entendiam era fonte de muito desgosto. Com a tomada de uma posição política, Thomas sentiu-se profundamente criticado, os ânimos se inflamaram, e a desavença entre irmãos tornou-se pública. O dilema nasceu da cobrança de Heinrich ao famoso irmão, por uma atitude definida perante os acontecimentos políticos.

Thomas rebateu à crítica com seu também famoso ensaio *Betrachtungen eines Unpolitischen* (*Reflexões de um apolítico!*). Heinrich escreveu uma resposta, mas parece que nunca a enviou, acalmando temporariamente os ânimos há muito exaltados de ambas as partes. Mas por anos não se falaram mais.

Uma rápida olhada nas profundas mudanças ocorridas no cenário europeu, na primeira década do século XX, talvez ajude a compreender os passos que levaram à Primeira Guerra Mundial.

Transformações socioeconômicas e a Primeira Grande Guerra

NA METADE DO SÉCULO XIX, QUANDO JULIA CHEGOU À Alemanha, esta era uma confederação composta por quatro reinos, vários principados, mais de dez ducados e grão-ducados, e três cidades hanseáticas, entre as quais Lübeck. Quase 90% da população ainda vivia no campo, e 80% dependia da agricultura para seu sustento.

Durante a rápida transformação econômica, verificou-se a transição de uma sociedade predominantemente agrária para a sociedade urbana moderna, composta pela nova burguesia e o recém-formado proletariado, e da Alemanha para uma das principais nações industrializadas da Europa.

Todo o continente passou por alterações sociopolíticas com disputas territoriais, que resultaram em crises diplomáticas. Para resolvê-las, criaram-se poderosas alianças políticas que romperam o equilíbrio de forças entre as nações mais poderosas da época: Rússia, França e Grã-Bretanha de um lado; e Império Austro-Húngaro e Império Alemão do outro.

A corrida armamentista e o crescente militarismo alemão, há tempos denunciados por Heinrich Mann, certamente estavam entre os estopins que levaram à Grande Guerra, mas o aumento do sentimento nacionalista também contribuiu. Quando, em 1914, um nacionalista sérvio assassinou o herdeiro ao trono do Império Austro-Húngaro, episódio que poderia ter se limitado aos dois países em questão, todos os aliados reagiram militarmente, levando à eclosão da Primeira Guerra Mundial.

Cataclismo que durou quatro anos, e envolveu mais de cinquenta países, essa guerra deixou dezessete milhões de mortos, vinte milhões de feridos, mudou para sempre o mapa da Europa e arruinou a Alemanha economicamente de mais de uma maneira.

O bloqueio da Marinha Britânica aos portos alemães deixou parte da Alemanha sem alimentos, acarretando miséria e doença. Julia saía embaixo da neve, a fim de conseguir ovos e manteiga nas casas de camponeses, para que seus netos não tivessem que passar necessidades.

E tantos outros conheceram a fome, que alastrou-se por todo o país. Apenas na Alemanha, morreram de inanição setecentas e cinquenta mil pessoas.

Durante a guerra, houve também alguns bons momentos para Julia. A alegria de presenciar o casamento do seu caçula, Viktor, que precisou de uma licença do Exército, e o nascimento de Leonie, única filha de Heinrich e Mimi Kanová.

Mas um ano antes do final da guerra chegou o comunicado do falecimento de tia Elisabeth, em Lübeck, sua cunhada e amiga, que sempre lhe demonstrara grande solidariedade. Mais uma luz em sua vida apagava-se para sempre, e sensível como era, seus olhos se encheram de lágrimas ao perceber que, na proporção que os amigos queridos diminuíam, sua solidão aumentava.

Consequências da guerra

Terminada a guerra, os graves problemas financeiros sofridos pela população alemã se tornaram insuportáveis. Com a desvalorização do marco alemão, os impostos subiram à estratosfera, e os fundos de Julia ficaram cada vez mais escassos. Preocupava-se também com a má saúde de Heinrich, e de seus próprios dentes, em situação precária.

Mas não só os impostos subiam à estratosfera.

As carreiras de seus dois filhos seguiram na mesma direção. *Das Kaiserreich* (*O império*), que contém *Der Untertan* (*O súdito*), uma sátira da sociedade alemã, foi mais um grande sucesso de Heinrich logo no fim da guerra.

Nele, o autor denunciou o militarismo, a rigidez dos costumes e o autoritarismo imbuídos na sociedade alemã da época, e previu que estes conduziriam o país à guerra.

A sutileza com que Heinrich percebeu o autoengano de uma sociedade que não queria se dar conta do fato, e sua percepção histórica, fizeram com que *O súdito* fosse considerado sua obra-prima.

As vendas de *A montanha mágica*, de Thomas, também dispararam desde seu lançamento.

Thomas atingiu fama e respeito internacionais, como gênio artístico e principal expoente da literatura alemã do século XX.

Segundo alguns críticos, já a partir de *Os Buddenbrook* (1901) ele se tornara um dos escritores mais notáveis do século XX no plano internacional. Sua esposa Katia relatou que a tiragem de uma edição popular desse título necessitou quarenta e dois caminhões para ser transportada às livrarias.

E quanto mais brilhavam as carreiras dos seus dois grandes escritores, mais ia se apagando a chama de sua vida, para quem os anos começavam a pesar.

Frequentemente, Julia sofria de grande ansiedade pelo futuro dos filhos, sobretudo durante as viagens de Thomas, que já era muito requisitado para palestras nas principais cidades da Alemanha. Temia que um raio pudesse cair em cima deles, e preocupava-se com possíveis doenças que poriam em risco a vida de seus netos.

Acreditava que mudar para moradias mais simples poderia resultar numa economia, e assim, começou a fazê-lo com certa frequência. Na realidade, não conseguir assentar-se mais em lugar nenhum a deixava ainda mais inquieta.

Ciente de suas angústias, os filhos passaram a ajudá-la financeiramente. Mas Julia estava muito agitada e suas mudanças constantes reduziram suas economias.

O problema dentário não lhe permitia alimentar-se bem. Percebendo seu estado de fraqueza, Thomas e Katia convidaram-na para passar uma temporada com eles em Munique. Orgulhosa, fez questão de pagar por suas refeições, provocando gargalhadas de seus quatro netos, quando viram as velhas notas desvalorizadas, após a guerra, mas ainda "válidas" para Julia.

Katia repreendeu as crianças, mas aquelas risadas feriram a avó profundamente. Assinalavam-lhe que o mundo se transformara rápido, enquanto seu lugar ia lentamente desaparecendo.

Como era previsível, Julia não se acostumou na casa de Thomas e Katia.

Katia fazia parte de um abastado círculo social, e frequentemente recebia seus convidados para o elegante *Kaffee trinken* (chá das quatro). Isso quando não havia jantares elegantes para recepcionar escritores e artistas famosos.

Além do mais, a casa era cheia de crianças que iam e vinham, enquanto Julia necessitava de tranquilidade. Talvez preferisse suportar a tristeza pela morte de Carla privadamente.

Decidiu partir, não mais para aquela região de colinas e bosques de Polling, onde caminhava com prazer, mas para um quarto numa hospedaria campestre em Wessling, não muito distante de Munique.

Viktor e Klaus, filho de Thomas e Katia, viram nessa inconstância uma fuga para não ter que lidar com os vários golpes do destino que sofrera, nem ter que admitir algumas derrotas.

Mas, aparentemente, a preocupação maior de Julia residia na dúvida de ter cumprido bem seu papel de mãe. Sensíveis a essa sua fraqueza, Viktor e Heinrich lhe reafirmavam o que ela queria ouvir a cada oportunidade.

As caminhadas repousantes no campo não existiam mais, e Julia se manteria ocupada com a correspondência com os filhos escritores, como fazia há décadas.

Heinrich era o principal destinatário de suas longas missivas, em que um dos temas recorrentes era o desejo de que ele viesse visitá-la como antigamente, quando era solteiro. Diante de sua crescente solidão, implorou também aos outros dois, mas tanto Thomas como Viktor só apareciam mensalmente para buscar sua parte da herança, chegando de manhã e retornando rapidamente após o almoço, sem perceber as lágrimas que escorriam pela face de sua mãe após a despedida.

A leitura das novas obras de grande sucesso dos filhos também a mantinha ocupada. Continuava interessada, fazia comentários, chegava até a enviar a Heinrich um esboço de um personagem que conheceu, como contribuição à sua obra. Quando recebia uma resposta, sorria, satisfeita.

De Munique chegou uma novidade. Um ano apenas após a nova neta Elisabeth, nasceu Michael, sexto e último filho de Thomas e Katia.

Mas a distância entre Julia e os novos netos era de sessenta e oito anos. A viagem até Munique, sozinha, não era mais aconselhável, e custava caro.

Aos poucos, percebeu que ia se distanciando dos filhos e, consequentemente, também dos netos.

O tempo e a memória

A CADA INVERNO QUE PASSAVA, AS BAIXAS TEMPERATURAS eram mais difíceis de suportar, e Julia começou a temê-los, com pavor de contrair pneumonia, como ocorrera com sua querida avó Marie Louise.

Caminhava mais devagar, cansava-se rapidamente, e às vezes respirava com certa dificuldade. A velhice se aproximava, e com ela, o tempo para meditar sobre sua longa trajetória.

Nada restava do seu mundo longínquo, maravilhoso, inesquecível.

Apenas memórias.

Ainda conseguia distinguir as luminosas tonalidades da infância, como o verde encantado da mata original, que cobria toda a serra até o céu rosado no final da tarde, quando sentava-se com seus irmãos nos degraus do caramanchão ensolarado, e o sorriso de sua mãe adquiria o tom dourado do sol, que se despedia.

Onde estariam hoje Manoel, Luiz ou Paulo? Eram felizes? Quem saberia?

Às vezes, perguntava-se se restaria algo do seu paraíso perdido em seus descendentes.

Difícil imaginar que justamente um dos filhos deste último neto, Michael, seu bisneto Frido, retornaria um dia a Paraty, para conhecer o que restava da moradia de Julia na Fazenda Boa Vista.

Numa manhã cinzenta de inverno, estava sentada, melancólica, enrolada num velho cobertor desbotado, mas macio, e predileto, pois era um presente da sua cunhada, Elisabeth.

Ao lembrar de quando chegara órfã, triste e desnorteada, caíram-lhe lágrimas.

Pensou na velha Thérèse, e em quantas vezes ela a tinha amparado. Sentiu-se grata por ter sido introduzida à música, à dança e ao teatro, que fizeram-na sentir-se viva e vibrar quando o mundo à sua volta era penoso.

Iluminou-se e pôde voltar a um tempo feliz, que agora lhe devolvia a serenidade.

Recordou-se então da musicalidade da sua juventude, com tantas notas flutuando pelo piano da escola. E da felicidade quando rodopiava pelo palco do pensionato como se fosse uma famosa bailarina. Depois, os aplausos sentidos como cristais cintilantes.

Alguém bateu à porta.

Chegara um cartão postal.

O selo era estrangeiro.

Seus olhos pretos, ainda chamativos, arregalaram-se. Vinha de Riga, e quem assinava era Paul Stolterfoht, sua paixão da adolescência. Com o cartão ainda na mão, imaginou-se dançando pela sala e reviveu aqueles instantes de delírio nos braços de Paul, fragmentos de magia, quando ambos sentiram que estavam se apaixonando. Aquela fora Julia da Silva Bruhns.

Haviam passado mais de cinquenta anos. Ele nunca se esquecera.

Pensando bem, tinha vivido alguns grandes momentos.

Será que Heinrich e Thomas ainda se lembrariam daquele momento de felicidade compartilhado na sala de música da mansão elegante na Beckergrube, quando os três haviam sido transfigurados pela beleza de uma *Polonaise* de Chopin?

Quantas gargalhadas haviam dado todos os cinco filhos juntos nas férias em Munique, quando a vida ainda era mansa, e os dois filhos maiores não brigavam.

Apesar de muito criticada, sabia que tinha dado algo fundamental a seus filhos — a liberdade de sonhar, de viver e de criar: "o tempo, à sua maneira silenciosa, imperceptível, secreta, e, contudo, ativa, havia continuado a trazer consigo transformações".[53]

E lentamente transformara as relações com os filhos. Agora, quando estes vinham visitá-la, sentia com tristeza que não existia mais aquela magia da infância, que fazia dela a detentora das canções e das histórias mais belas. Emancipados, não precisavam mais da mãe para lhes indicar o caminho. Não mais a prioridade dos filhos, percebeu também que fazia sempre menos parte do mundo deles, pois seus valores e costumes não correspondiam mais aos dela.

Ciente das ilusões soterradas no tempo, ainda assim sentia-se grata pelos grandes momentos compartilhados com pessoas significativas, como Fielitz, com o qual sempre sentira uma verdadeira comunhão de almas. Através da música, os dois tinham tocado o âmago de seus seres, daí a sintonia que existira entre eles.

Se Thérèse lhe havia aberto a porta da magia musical, Fielitz ensinara-lhe que não bastava acertar a nota, era preciso atingir a essência da partitura e interpretar o que a arte tinha de revelador.

Mas... alguém se perdera no caminho.

Os cristais mágicos da juventude haviam se despedaçado depois da morte de Carla, que não conseguira salvar; nunca mais encontrou consolo para a filha desaparecida.

Comemorando setenta anos

EM AGOSTO DE 1921, QUANDO JULIA COMPLETOU SETENTA anos, os filhos lhe organizaram uma festa imponente, com a participação de muitos amigos e algumas personalidades de destaque do mundo literário e artístico.

Em razão da fama de Heinrich e Thomas, o evento foi noticiado nos principais jornais de Munique, e até no *Tageblatt* de Berlim.

Nada poderia ter deixado Julia mais feliz e enternecida do que ter seus filhos e netos reunidos em alegria, pois Heinrich havia se restabelecido e aproveitado para fazer as pazes com Thomas, mesmo que tenha sido mais um gesto para agradar a mãe.

E mais uma vez os convidados puderam perceber, através do seu sorriso, aquela pontinha de sua costumeira vaidade, que restava, apesar dos anos.

Julia ainda participou, duas vezes, das festas de Natal na casa de Thomas e Katia, cercada das crianças, que traziam-lhe sempre alegria.

Não conseguiu jamais voltar ao Brasil, mas no último dia de sua vida, na companhia dos três filhos homens, conversou numa língua que eles desconheciam, provavelmente o português, permanecendo conectada, de forma simbólica, à sua pátria até o final.

A *despedida*

TRANSCREVEMOS A DESCRIÇÃO COMOVENTE QUE VIKTOR nos legou sobre a morte de sua mãe.[54]

"O quarto ficava no andar superior da hospedaria... Era limpo, mas os móveis eram horríveis. Mamãe estava deitada numa cama alta, e seu rosto decrépito sorriu alegremente para mim. 'Bem, velho Peter, é você, *né*?'*, disse ela lentamente, e

* N.A.: Julia chamava seus filhos assim.

com a voz alterada... Mamãe sempre falava rápido, um alto alemão puro, com leve sotaque de Lübeck. Agora falava devagar... Soava como quando espanhóis, portugueses e brasileiros falam alemão.

Ao morrer, reaparecia o som 'de lá', do colorido país ensolarado.

Pela maneira de a mãe falar, percebeu que voltava à infância.

Ficou atento para ouvir algum comunicado, talvez, sobre as muitas injustiças sofridas na vida..., mas Julia silenciou. Preferiu partir em paz.

Disse em vez disso que 'era bobagem ficar deitada', e perguntou-lhe sobre a esposa Nelly, e se esta cuidava bem dele durante as viagens.

Numa pausa, disse: 'Que bom que vocês todos estão tão bem. Não é verdade?'.

Logo percebendo que ela queria uma confirmação de que fora uma boa mãe para eles, Viktor respondeu-lhe no dialeto bávaro que sua mãe tanto amava: 'Sim, mamãe, nós todos estamos muito bem uns com os outros'.

Lula não compareceu; desculpou-se, alegando que estava doente.

Quando chegaram Heinrich e Thomas, Julia pediu para falar separadamente com cada um. Perguntou sobre os netos e as esposas. Depois, convidou os três para tomarem um chá junto à sua cama.

Ficamos sentados à direita e à esquerda da cama, e mamãe pediu para que servíssemos os biscoitos.

'Afinal, vocês têm que comer alguma coisa', disse ela, e de fato comemos biscoitos e bebemos chá.

Thomas, com voz tranquila, contou algo sobre os filhos. Às vezes mamãe cerrava os olhos, mas ao mesmo tempo sorria.

Assim transcorreu a transfiguração e o desenlace feliz. Durante toda a vida, nossa mãe temeu por nós e receou inquietantemente por si mesma [...] mas agora, com a morte batendo à porta, não teve medo. Não foi fraqueza derradeira, pois o discreto plano de despedida com certeza já existia desde que percebeu o fim próximo... Aquele quarto horrível tornou-se o salão de mamãe em Lübeck ou em Munique. A segurança e a dignidade amável, toda nobreza que todos sempre admiraram nela, reapareceram. Ficamos sentados ao seu lado para o chá: seus filhos agora famosos e o seu Benjamin, que mesmo assim 'estava à vontade'.

'Agora quero dormir um pouco', disse mamãe bem devagar, 'mas fiquem lá fora com suas esposas, mandarei chamá-los de novo'."

Estava com os olhos semiabertos, mas sorria.

Julia morreu em paz, assim que seus filhos saíram do quarto.

Era dia 11 de março de 1923. Tinha vivido setenta e um anos; deixara o exemplo da riqueza daquilo que é diferente.

NOTAS

1. STRAUSS, Dieter. *Julia Mann: uma vida entre duas culturas*, São Paulo, Estação Liberdade, 1997, p.58.
2. MANN, Julia. *Cartas e esboços literários*. São Paulo: ARS Poética, 1949, p.43.
3. MANN, Julia. *Da infância de Dodô (Aus Dodos Kindheit) In*: Julia Mann. *Ich Spreche so gern mit meinen Kindern*. Germany, Aufbau Taschenbuch, 2008. p.11-56.
4. HATOUM, Milton. *Um Solitário à Espreita. Crônicas*. São Paulo: Companhia das Letras, 2013.
5. MANN, Thomas. Das Bild die Mutter (O Retrato da Mãe). *In*: Sibele Paulino, Paulo Soethe. Thomas Mann e a Cena Intelectual no Brasil: Encontros e Desencontros. São Paulo, Pandemonium. Germanicus, p. 31.
6. KRÜLL, Marianne. *Na rede dos magos; uma outra história da família Mann*, Rio de Janeiro, Editora Nova Fronteira, 1991, p.56-57.
7. KRÜLL, Marianne. *Op. cit.* Desenhos de Heinrich entre p.92-93.
8. KRÜLL, Marianne. *Op. cit.* p.54. Em seu romance, *Eugénie ou a Época Burguesa, (Eugénie oder Die Bürgerzeit)*, escrito aos 55 anos, Heinrich criou um personagem, segundo ele autobiográfico, que tinha pesadelos porque a mãe o largava para ter uma aventura com um cavalheiro num coche. A figura de uma mãe volúvel e pouco confiável torna a criança frequentemente retraída, "presumivelmente como o pequeno Heinrich na realidade", e terá "consequências marcantes e profundas" na sua vida adulta e em seus relacionamentos com mulheres. Um problema recorrente na escrita de Heinrich, e de Thomas, em menor escala, para compreender o caráter de sua mãe Julia, é o fato de que, tendo se apoiado em "fatos reais", segundo suas memórias, para criar alguns de seus famosos personagens, a "realidade" fundiu-se com a ficção, a tal ponto que não é mais possível separá-las. Dora, em *In einer Familie* e Toni, em *Os Buddenbrook*, são exemplos de como Julia foi compreendida por seus dois filhos escritores, e, consequentemente, como passou à História.
9. KRÜLL, Marianne. *Op.cit.* p.50-51.
10. KRÜLL, Marianne. *Op.cit.* p.60. "[...] Eu (Thomas) ficava horas sentado numa das poltronas pespontadas com linha cinza-claro, escutando minha mãe que tocava de maneira sensível, delicada e primorosa e obtinha ótimos resultados com os estudos noturnos de Chopin. [...] Minha mãe tinha uma voz pequena, mas extremamente agradável e suave, cantava para si mesma e para mim com muita sensibilidade artística [...] seguindo uma rica provisão de notas, tudo o que de melhor esta esfera maravilhosa [...] tinha a oferecer.
11. KRÜLL, Marianne. *Op.cit.* p.61.
12. KRÜLL, Marianne. *Op.cit.* p.62.
13. STRAUSS, Dieter. *Op.cit.* Lübeck vista por Thomas Mann em *A Alemanha e os alemães*.
14. KRÜLL, Marianne. *Op.cit.* p.87.
15. KRÜLL, Marianne. *Op.cit.* p.96.

16. MANN, Thomas. *Os Buddenbrook*, Rio de Janeiro, Nova Fronteira, 1981, pp.448-449, citado em Dieter Strauss, *Julia Mann: uma vida entre duas culturas*, São Paulo, Estação Liberdade, 1997, p. 56-57. Dieter Strauss relata esta descrição de Thomas Mann no livro acima citado para dar uma ideia aproximada das condições de moradia de Julia em Lübeck.
17. KRÜLL, Marianne. *Op.cit.* p.74.
18. WISCHMANN, C. R.; CHRISTMANN, K. R. Polos opostos. Revista das Letras da UFPR, Biblioteca Digital de Periódicos, v. 24, p. 97-109, 1975.
19. KRÜLL, Marianne. *Op. cit.* p.164.
20. GERSÃO, Teolinda. *O Regresso de Júlia Mann a Paraty.* Rio de Janeiro: Oficina Raquel, 2023. p. 75.4MANN, Thomas. *Sämtliche Erzählungen* (Várias narrações), Fischer, 1963, "Gladius Dei", p.55 e seguintes.
21. STRAUSS, Dieter. et. al. *Op.cit.* p.77.
22. MANN, Viktor. *Éramos cinco (Wir Waren Fünf)*, Frankfurt, Fischer Taschenbuch, 1994.
23. KRÜLL, Marianne. *Op. cit.* p.96.
24. MANN, Viktor. *Op. cit.* p.81.
25. MANN, Viktor. *Op. cit.* p.71.
26. MANN, Thomas. *Morte em Veneza.* New York: Harper Collins Publishers, 2004, cap.4, pp.89-90.
27. KRÜLL, Marianne. *Op.cit.* p.119.
28. KRÜLL, Marianne. *Op. cit.* p.164.
29. MANN, Viktor. *Op.cit.* p.165.
30. KRÜLL, Marianne. *Op. cit.*, p.166.
31. Julia Mann, *Eu gosto de falar com meus filhos (Aus Dodos Kindheit) In*: Julia Mann. *Ich Spreche so gern mit meinen Kindern.* Germany, Aufbau Taschenbuch, 2008. p.11-56.
32. JASPER, Willie. *Carla Mann: das tragische leben im schatten der brüder* (A vida trágica à sombra de seu irmão), Berlin, Propyläen, 2012.
33. KRÜLL, Marianne. *Op. cit.* p.23.
34. KRÜLL, Marianne. *Op. cit.* p.127.
35. KRÜLL, Marianne. *Op. cit.* p.133.
36. KRÜLL, Marianne. *Op. cit.* p.138.
37. KRÜLL, Marianne. *Op. cit.* p.133.
38. KRÜLL, Marianne. *Op. cit.* p.179.
39. KRÜLL, Marianne. *Op. cit.* p.171.
40. KRÜLL, Marianne. *Op. cit.* p.182.
41. KRÜLL, Marianne. *Op. cit.* p.175.
42. KRÜLL, Marianne. *Op. cit.* p.177.

43. KRÜLL, Marianne. *Op. cit.* p.170.
44. Frankfurt, première: 2º Concerto de Sergei Rachmaninoff para piano e orquestra em dó menor cuja première ocorreu em Moscou em novembro de 1901.
45. Livros publicados por Hedwiges Dohm: *Was die Pastoren denken* (O que pensam os pastores) *Shickasale einer Seele* (Destinos de uma Alma), Christa Ruland (Utopia de uma sociedade é liberta e simpática às mulheres).
46. KRÜLL, Marianne. *Op. cit.* p.197.
47. KRÜLL, Marianne. *Op. cit.* p.219.
48. JASPER, Willie. *Op.cit.* p.196-197.
49. KRÜLL, Marianne. *Op. cit.* p.225.
50. WENDE, Peter. *A history of Germany*, New York, Palgrave Macmillan, 2005, p.108-121.
51. M. Doerfel: "Heinrich foi o primeiro escritor alemão importante a dar-se conta antes da Primeira Guerra Mundial de que o sistema social de seu país necessitava ser redemocratizado urgentemente. Muitos críticos concordam que seus escritos até os anos 1930 são uma contribuição significativa para a história da literatura alemã, sendo ao mesmo tempo documentos vitais dos acontecimentos político-sociais e debates culturais durante a República de Weimar (1919-1933). Considerado o porta-voz cultural da época, sugeriu-se até seu nome para a presidência daquela República".
52. MANN, Thomas. *A montanha mágica*. São Paulo: Companhia das Letras, 2016.
53. KRÜLL, Marianne. *Op. cit.* Tradução de Viktor Mann, *Wir Waren Fünf*, p.259-263.

Agradecimentos

Ao Diego Jock, Gerente de Marketing, responsável pela nossa adesão à Labrador, nossos agradecimentos por nos ter orientado a dar um passo na direção certa. A Pamela Oliveira, Gerente Editorial, agradecemos pelo profissionalismo ao escolher sua assistente. A Leticia Oliveira, Assistente Editorial, por sua dedicação, paciência, e boa vontade ao lidar com uma escritora octogenária.

Queremos agradecer a companheira do Grupo de Leitura, Regina Bellucci, exímia conhecedora da literatura brasileira, a qual dedicou várias horas à leitura do texto de Julia, interessando-se pelo aspecto da religião afro-brasileira dos escravos.

A Oscar Augusto Sestrem, engenheiro eletrônico e especialista em informática, pela paciência e dedicação demonstradas durante a digitação deste livro. Oscar não mediu esforços durante a mudança do nosso desktop para o notebook para poder continuar auxiliando a autora octogenária fora do Brasil. São pessoas como ele que fazem a diferença no mundo atual, onde cada um só pensa no próprio ego.

Também queremos agradecer a Jill Livingston, bibliotecária da Olin University Library, Wesleyan University em Middletown, Connecticut, que nos ajudou a encontrar os vários volumes de Thomas Mann em inglês.

A Dra. Nelly Novaes Coelho (*in memoriam*). Educadora, pesquisadora, ensaísta e crítica literária especializada em literaturas brasileira e portuguesa contemporânea, e professora titular de literatura Portuguesa e Literatura Infantil da Faculdade de Filosofia, Letras e Ciências Humanas da USP. Grande inspiração na criação de alguns dos meus doze livros infantojuvenis publicados.

FONTE IvyJournal
PAPEL Pólen Natural 80 g/m²
IMPRESSÃO Meta